GARE DU NORD
La frenesia e la multiculturalità della parigina Gare du Nord raccontano il carattere composito della collana di narrativa contemporanea di Edizioni Clichy, dedicata alla scrittura di stampo letterario, principalmente francofona ma non solo: storie, esseri umani, vite, colori, suoni, silenzi, tematiche forti, autori dal linguaggio inconfondibile, senza timore di assumere posizioni di rottura di fronte all'establishment culturale e sociale o di raccontare abissi, sperdimenti, discese ardite ma anche voli e flâneries.

« L'ami »
de Tiffany Tavernier

Edizioni Clichy
Via Tripoli, 18a
50122 Firenze
www.edizioniclichy.it

ISBN: 978-88-6799-874-6

Tiffany Tavernier

L'amico

Romanzo

Traduzione di Tommaso Gurrieri

Edizioni Clichy

SOMMARIO

L'amico

I

1.

È un sabato qualunque. Mi vesto nella penombra, stando attento a non svegliare Élisabeth. In fondo alle scale Jules non c'è più, sennò mi avrebbe accolto con guaiti di allegria. In cucina, avvio la macchina da caffè elettrica e tiro fuori una tazza dalla credenza. Dalla finestra spunta l'alba, le foglie delle querce fremono. Di fronte non si è ancora alzato nessuno. Il silenzio riempie ogni cosa. Quando Jules è morta, Élisabeth ha voluto seppellirla in un cimitero per cani ed è stata sempre lei a scegliere la tomba. Bianca. La cerimonia è stata bella. Sono venute anche le sue sorelle. Quella sera abbiamo bevuto così tanto che sono rimasti tutti a dormire da noi, tranne Guy e Chantal ovviamente. Mi ha colpito che fossero venuti. Soprattutto Guy. Con la depressione di Chantal è nella merda. Merda è proprio la parola adatta. A volte si sentono litigare ferocemente fino a tardi, poi passa. Nelly, la loro cagna, successe un anno fa. Un vero colpo di sfortuna, c'è così poco via vai da queste parti. Il porco che l'ha investita si è ben guardato dal lasciare il suo nome, non è mai stato trovato. La loro cagna sì. O almeno quel che ne restava: un mucchio di carne sanguinolenta che abbiamo seppellito la sera stessa insieme a Guy. Con la pala, nel suo giardino. Una notte schifosa, di quelle che nessuno si augura di vivere. Guy piangeva in silenzio, io scavavo. Forse è questo il motivo per cui Élisabeth ha avuto bisogno di fare le cose in grande per Jules. Per rimediare a quel dolore.

Sul tavolo una *Musca domestica* si sfrega le zampe, è facile da riconoscere con i suoi grossi occhi rossi e il torace grigio. Mi domando se ci sono anche in Vietnam. La prossima volta che Marc si farà vivo glielo chiederò. Sembra che trovi formidabile la vita laggiù. Nelle foto del suo account Instagram non la smette di sorridere, e questo rassicura Élisabeth. Non me. Perché ha dovuto scegliere quel paese? Sono sicuro che mio padre non lo avrebbe apprezzato. E poi quel lavoro in quel grande hotel. Spero che almeno lo trattino bene.

Fuori il cielo vira al rosa pallido. Non sono mai andato troppo lontano, io. Una volta, a ventidue anni, qualche giorno in Spagna, un'altra volta in Svezia con Élisabeth. Poi è nato Marc. Partire non ci diceva più niente, a parte il mare d'estate, con il piccolo. A volte mi sembra strano sapere che è così lontano. Mi sale dentro la mancanza, brutale. E poi passa, come i litigi tra Guy e Chantal. Eppure sono anni che non vive più con noi, ma quando era all'università bastava prendere la macchina ed ero da lui. Tra noi ormai è diversa anche l'ora e possiamo anche comunicare via Skype, ma più passa il tempo e meno cose abbiamo da raccontarci.

Sul tavolo la mosca vola via e va a posarsi sul vetro. Più di ogni altra cosa, mi piacciono queste ore in cui niente ancora si muove. Nessun rumore di macchine, nessuna suoneria del telefono. Solo il lento spuntare del giorno, lo scricchiolio dei rami nel vento. Bevo tutto d'un fiato il mio caffè. Poi andrò a fare il mio giro lungo l'Aune. A quest'ora non ci ho mai incontrato nessuno, a parte Chantal, una volta. Il sole era sorto da poco. Me la sono trovata lì, seduta sul bordo dell'acqua, gli occhi persi nel vuoto. Quando mi ha visto si è spaventata. Non aveva dormito e aveva pensato che un po' d'aria fresca le avrebbe fatto bene. Le ho proposto di prendersi un caffè da noi. Mi ha fissato con aria strana, poi improvvisamente si è alzata e se n'è andata. Élisabeth dice che è colpa delle medicine. Roba talmente forte che a volte ci vogliono mesi per trovare il dosaggio giusto.

I primi raggi del sole illuminano la cucina. Tra poco potremo fare colazione nella terrazza nuova. Se penso a quanto mi ci è voluto per spalare il terreno. Ma ora ci siamo, i pilastri sono a posto, devo solo poggiare le tavole. Ci potremo mettere un dondolo come nei film americani. Sotto ci farò un magazzino in legno e, in caso di pioggia, ho anche previsto di costruire una tettoia. La vista è così bella da qui. Alberi e solo alberi. È quello che mi ha entusiasmato di più quando abbiamo trovato questa casa. Questo lato selvaggio tutto intorno. Per Élisabeth no. L'idea di vivere in un posto così isolato le faceva paura. Era un ottimo affare, le ho chiesto di rifletterci. E oltre a essere in vendita per un tozzo di pane e a lasciar intravedere ogni sorta di sistemazione, questa casa era situata a soli dieci chilometri dalla fabbrica in cui lavoro e a meno di otto chilometri da P., il paesino in cui Élisabeth, in qualità di infermiera, era attesa a braccia aperte. Se avessimo optato per un appartamento in città, sarebbero state decine di chilometri in più al giorno e uno spazio molto più ridotto. Nonostante tutto, Élisabeth esitava e io stavo per rinunciare quando sua madre parlò di comprare un cane. E fu la magia. Con un cane - ma un vero cane da guardia, eh! - allora sì, Élisabeth poteva immaginare di vivere qui.

I giorni dopo il trasloco ero così eccitato che mi sono lanciato nei lavori nella nostra camera, in quella del bambino, nella doccia e poi nel salotto di sotto, in cucina e nel garage.

Oggi è tutto a posto e c'è anche una terza camera che Élisabeth, in mancanza di figli, ha deciso due anni fa di riconvertire in atelier. Ci passa sempre più tempo a dipingere le sue «rivelazioni»: ammassi di forme e di colori che a me non dicono niente. Ma comunque le fa bene e visto quello che sta passando al lavoro... In un angolo ha tenuto il letto, a volte ci dorme una delle sue sorelle. Mio fratello invece mai. Ma lui è un'altra storia.

Do un'occhiata al secondo orologio. A Hanoi è quasi mezzogiorno, le strade rigurgitano di gente. Qui l'erba è ancora umida e le libellule dormono. Nella luce dell'alba tutto scintilla, fino alle rocce in alto. Con un po' di fortuna prenderò qualche gambero di fiume e, se l'acqua non è troppo fredda, farò il bagno sotto la volta degli alberi, dove l'Aune è un po' più profondo. Oggi sarà bello. Il cielo è pulito. Nel pomeriggio tirerò fuori la scala grande per andare sul tetto a vedere da dove viene quella crepa. Chissà se Guy potrà darmi una mano a portarla. Stanotte l'ho sentito tornare molto tardi con il suo furgoncino. Quando con Chantal esagerano guida per ore senza meta per calmarsi. E i giorni dopo sono difficili. Per una volta che non sono di turno. Ci proverò comunque, ma non prima di mezzogiorno. Dopo tutto questo tempo ho imparato a conoscerlo.

Mi infilo gli stivali promettendo a me stesso di portare a Lisa la colazione a letto, al mio ritorno. Ne approfitterò per infilarmi accanto a lei. Brontolerà perché puzzerò di melma, poi mi perdonerà perché non ho dimenticato la marmellata. Dopo tutti questi anni penso che siamo fortunati ad amarci ancora così tanto. E anche ad avere questa vita tranquilla, anche se lei arriva sempre più stanca ogni sera per il sovraccarico di lavoro e io, da parte mia, trovo sempre più difficile alzarmi in piena notte per far ripartire una macchina in panne alla fabbrica. A parte questo, niente a che vedere con la vita in guerra di mio fratello, o almeno quella che ho sempre immaginato facesse in quei paesi lontani. Le rare volte in cui ne parliamo non ho mai il coraggio di fargli troppe domande, e nemmeno lui me ne parla. E con quella vita non ha nemmeno una moglie o dei figli.

Prendo la giacca, sto per aprire la porta. Ma c'è un rumore di motore, e non di una sola macchina. Eppure ci sono solo le nostre due case qui. Cosa può essere? Apro la porta e scopro, stupefatto, una, due, tre, quattro, cinque, sei macchine della polizia seguite da un'ambulanza, che si precipitano qui. Nello stesso momento vedo spuntare dal bosco una ventina di uomini con il casco, tipo reparti speciali, con le visiere abbassate, i giubbotti antiproiettile, le armi in pugno. La scena è talmente irreale che mi chiedo se non sono in preda a un'allucinazione. In una nuvola di polvere, le macchine si fermano di fronte alla casa di Guy e Chantal.

«Signore, non può stare qui».

Faccio un salto all'indietro, fisso l'uomo piantato davanti a me.

«Capitano Bretan, gendarmeria nazionale».

Alle sue spalle, degli uomini dei reparti speciali s'inginocchiano in posizione di tiro intorno alla casa di Guy e Chantal. Che cosa...

«Signore?».

Nella mia testa c'è un indescrivibile turbinio. La sua faccia così sgombra, così categorica.

«Quante persone ci sono in questo momento a casa sua?».

Lo guardo, attonito.

«Signore, per favore».

Ritrovare le parole. Lo spazio delle parole. Il loro logico svolgimento.

«Io... solo io e mia moglie al piano di sopra, ma insomma... cosa succede?».

Dà un'occhiata alla finestra del primo piano, considera, in una frazione di secondo, la distanza tra le nostre due case.

«Non si preoccupi, abbiamo solo bisogno di essere

sicuri che non vi succeda niente durante il nostro intervento».

«Quale intervento? Che cosa...»

«Signore, non abbiamo tempo».

Alle sue spalle, quattro uomini dei reparti speciali armati si avvicinano correndo alla casa di Guy e Chantal.

«Il problema sono i nostri vicini? Perché sono amici nostri, ci conosciamo da un sacco di tempo...».

Ho quasi voglia di aggiungere la storia della crepa sul tetto, della scala grande che non posso portare da solo. Il suo stupore mi blocca di colpo.

«Amici vostri?».

Beh sì, amici nostri, partite a carte, ombrellone, barbecue, roba normalissima, nessun'altra casa per chilometri, quindi perché ha quell'aria perplessa? Mi verrebbe voglia di scuoterlo, cosa gli è successo? Ma le parole non escono. E ora, quel modo che ha di fissarmi. Come se ce l'avesse con me... Come se fosse troppo tardi...

«Beh, sì, Guy e Chantal, certo».

La sua voce si ammorbidisce.

«Senta, faccia scendere sua moglie e fino a nuovo ordine non uscite di casa e non vi avvicinate alle finestre, d'accordo?».

2.

Élisabeth mi guarda senza capire. Le bisbiglio che c'è la polizia, è pieno di polizia, che sembra una cosa seria, anzi molto seria, che deve alzarsi alla svelta. Si tira su di scatto, infila la vestaglia, mi segue, i capelli arruffati. In cima alle scale s'irrigidisce vedendo un tipo dei reparti speciali. Lo stesso spavento che ho avuto io prima. Le nostre due case in questo angolo così tranquillo... Bisogna che sia successa proprio una roba strana a Guy e Chantal per mettere in movimento un esercito come quello. Mi viene voglia di scappare. Invece resto pietrificato sulla soglia cercando di fare il possibile per calmarmi. Il cuore soprattutto. I battiti del cuore. Una vera esplosione. Come se il cuore fosse già a conoscenza della natura di ciò che era accaduto. Qualcosa di terribile che non potevo, che non volevo immaginare.

E ora Élisabeth, che si precipita per le scale dietro di me. Lei, di solito così allegra. Così tanti uomini per una casa così piccola. Qualcuno li avrà uccisi? Di sotto, un uomo dei reparti speciali, giubbotto antiproiettile, visiera aperta, indica il salotto.

«Sdraiatevi sul tappeto».

Ma Élisabeth si è appena svegliata. L'informazione corre troppo veloce.

«Sul tappeto? Ma perché?»

«Non si preoccupi signora, è una semplice misura di sicurezza, se di fronte la cosa si scaldasse».

«Che significa, di fronte?».

Ha quasi urlato. Lui le risponde che non può dirle di più. Lei si volta verso di me.

«Parla di Guy e Chantal?».

Le faccio cenno di sì e vedo le sue pupille ingrandirsi. L'uomo dei reparti speciali riceve un ordine via radio.

«Sdraiatevi, ora».

Mi piacerebbe chiedergli se è per i proiettili che sta per sparare o per quelli, vaganti, suscettibili di arrivare da di fronte, se ha già visto situazioni simili, se Guy e Chantal sono ancora vivi, se...

«Vi prego di collaborare, signori».

Tutto sembra così assurdo, prima di tutto potrebbe essere mio figlio, chissà chi l'ha spinto a scegliere un lavoro del genere, e poi noi due, sbalorditi, in casa nostra. Casa nostra. E io che di solito, di fronte alle minacce più gravi, per esempio una macchina in fabbrica che rischia di esplodere, mantengo sempre la calma, e allora perché questa sensazione di disastro, come se sapessi in anticipo che la battaglia è persa. Il ragazzo insiste.

«Signore...».

Almeno sa per quanto tempo dovremo stare così? Con

una voce che cerca di rendere più ferma possibile, mi risponde che non lo sa, no, poi indicandomi di nuovo il tappeto su cui Élisabeth si è già sdraiata:

«Può raggiungere sua moglie, adesso?».

Eseguo.

«Dovrò allontanarmi, non vi alzate per nessun motivo e non fate rumore finché non torniamo».

3.

Sdraiato addosso a lei, racconto a Élisabeth, a voce bassa, l'arrivo delle macchine in tromba, quello dell'ambulanza, uomini armati che spuntano dal bosco. Evito di menzionare lo smarrimento dell'ufficiale quando gli ho detto che eravamo amici di Guy e Chantal, lo strano presentimento che sento dentro di me da quel momento. Lei parla di una rapina finita male. Stento a crederci. Non si mette su un esercito del genere per dei ladri.

«Allora un pazzo che li ha aggrediti?».

Un pazzo in questo buco sperduto?

«E se fossero rapinatori? Gente che ha mancato il colpo e che ha trovato riparo a casa loro?».

Vorrei che stesse zitta. Che tutto ridiventasse vero come prima in cucina.

«Thierry, ho capito, sono carcerati in fuga».

Carcerati, non ha torto, potrebbe spiegare la presenza degli uomini dei reparti speciali. Impallidisce.

«No, terroristi!».

Quella sua paura. Alzarsi, uscire di casa, sollevarsi in aria, galleggiare sul mondo.

«Terroristi che sono finiti qui in piena notte?»

«E perché no!».

Non rispondere. Fissare le tende, il riflesso della luce nelle tende sperando che stia zitta. Ma i suoi pensieri virano al panico, perde completamente il controllo. Con una voce sempre più concitata, si chiede quante bombe hanno con sé, se come ultima scappatoia non decideranno di far esplodere tutto, se alla fine non sarebbe meglio disobbedire come i pochi sopravvissuti delle torri gemelle che, trasgredendo agli ordini, avevano lasciato il loro ufficio. Le obietto che fuori ci sono più di venti tiratori scelti che non esiterebbero a prenderla come bersaglio. Lei si morde le labbra, mi parla di Chantal che non si riprenderà mai, dell'odore di Jules che le manca, della sua voglia di fare pipì, delle sue sorelle che vorrebbe vicino, di Marc che non sa niente di quello che sta succedendo, ma cosa esattamente? Marc che dovremo chiamare e che... Le parole si strozzano in gola. Si spengono. E sentirla così persa mi dà ancora più vertigine. A quasi trenta metri era su di noi, quella notte, che «quella cosa» cadeva. Lei si stringe a me.

«Non si sente niente, secondo te è normale?».

Sto come lei, mi aspettavo un'esplosione di urla, di spari, di pallottole. Cosa aspettano? In salotto potrei quasi toccarla, la violenza. Un tornado che si espande da una parete all'altra. Abbraccio Élisabeth, mi concentro sulla parete dalla parte della televisione dove i riflessi di luce formano innumerevoli macchie che appena apparse scompaiono in una danza incessante. Come andrà a finire? Ho sei anni. In punta di piedi apro la porta della camera in cui riposa il padre di mia madre. Mi avvicino dolcemente a lui, chiedendomi perché le tende sono tirate e perché tutti i mobili sono coperti da un telo nero. Mi chino su di lui per parlargli. Le sue labbra non si muovono. Gli sollevo la palpebra e mi trovo davanti un occhio bianco. Nonno? Qualcosa si spalanca in me. Una bocca che, a velocità fulminea, mi afferra e mi trascina verso il basso. Faccio un salto indietro, faccio cadere un vaso. Corro a perdifiato.

«Parlami Thierry, resta con me».

Le mostro la fessura che si estende sul soffitto, mi chiede se è per via del terreno che si muove, immagino per un attimo la casa spezzata in due da parte a parte. Lei si stringe ancora di più addosso a me, mi confessa che le piacerebbe pregare, che non si ricorda più come si fa. Vorrà ancora la terrazza dopo tutto questo? E Guy, la scala grande? Quando penso che stavo per alzarmi quando l'ho sentito tornare stanotte. Forse quella gente si sarebbe impaurita e... Rivedo il corpo di Abdane, il corpo di Jules.

«Hai sentito?».

Sì, ho sentito come lei quel rumore di porta di macchina che si chiude, una seconda e una terza, seguito da una partenza in tromba. Possibile che siano stati così veloci? Mi rialzo un po'. In fondo alla strada, alla curva, uno stridore di pneumatici copre per un attimo la sirena.

«Bene così, potete alzarvi».

È spuntato senza alcun rumore, si toglie lentamente il

casco sotto il quale appaiono i suoi capelli biondi fradici di sudore.

«Non c'è più nessun pericolo, niente da temere».

«E i nostri vicini?»

«Restate qui, il capitano Bretan verrà subito per mettervi al corrente della situazione».

4.

«Arrestati?».

Il capitano non risponde subito e io penso che sia sordo. Élisabeth parte con un'inarrestabile risata nervosa.

«No, loro no... E soprattutto Chantal, nello stato in cui è...».

Ho quasi voglia di ridere anch'io. Lo sguardo dell'ufficiale mi blocca.

«Capisco lo choc, sono amici vostri».

Quel modo di insistere sulla parola «amici». In me monta una collera sorda. Élisabeth inizia a piangere. Le stringo la mano, le intimo dolcemente di controllarsi. Lei mi guarda, persa.

«Ma Guy... Chantal... no, non è possibile, e poi cosa avrebbero fatto?».

Quella luce sprezzante negli occhi del capitano. Nella vita reale, quella del lavoro e dei sabati lungo l'Aune, lo sbatterei fuori, ma qui siamo in una situazione diversa, e ho bisogno di lui. Ci avvicina una sedia.

«Da quanto li conoscete?».

Visto il modo in cui Élisabeth si tormenta le mani, decido di rispondere al suo posto. Altrimenti si spezzerà.

«Da quando hanno comprato il rudere di fronte e l'hanno rimesso a posto. Un po' più di quattro anni fa».

Si volta verso di lei.

«Signora, se non è d'accordo o vuole aggiungere qualcosa non esiti a intervenire».

Lei emette un sì appena udibile e non so cosa mi trattenga dal dirgli quanto è sensibile, la mia Lisa, il minimo sparo in un film, la minima ferita, anche quella di una bestiolina, mentre al lavoro mai, come se la sua uniforme da infermiera la proteggesse, e uguale non appena si tratta di soccorrere qualcuno, alla festa della scuola la settimana scorsa, è stata proprio formidabile, mentre qui, a casa, una bambina, ma spiegale queste cose a un poliziotto, a questo in particolare, una faccia, l'ho capito alla prima occhiata, così snob, così sicuro di sé.

«Da quando li conoscete, avete notato qualcosa di strano in loro? Nel loro comportamento, per esempio?».

«No, direi di no, cioè sì, Chantal che stava sempre peggio... e poi anche le loro litigate, sempre più frequenti».

«Nient'altro?».

Frenare quel misto di paura e di collera che m'invade.

«Sono discreti e Guy è sempre pronto a dare una mano».

«Non avete notato niente di anormale nel loro comportamento?».

Non scrive niente, non registra niente, analizza a fondo la nostra minima reazione.

«No, se non il fatto che Guy era sempre più teso nelle ultime settimane, ma visto lo stato di Chantal... La sua depressione era pesante, capisce...».

No, non capisce e forse se ne frega anche oppure non vuole capire.

«Quando li avete visti l'ultima volta?»

«Guy due sere fa, tornando dal lavoro. Riparava il suo furgoncino in garage, gli ho proposto di aiutarlo, mi ha risposto che non ce n'era bisogno».

«E lei, signora?».

Le lacrime montano di colpo. Le trattiene voltando la testa.

«Lui mercoledì... Stavo andando al lavoro, era in giardino, mi ha salutato».

Si volta di nuovo verso di me.

«E Chantal?».

È la sua mancanza di sensibilità o la mia apprensione a rendermelo così odioso?

«Lei due giorni fa, è spuntata a casa nostra, non aveva più zucchero e voleva fare un dolce».

«Un dolce? Ma quale dolce, e per quante persone?».

Lo guardo, sbalordito. Ci prende in giro o cosa?

«Beh, non ne so niente, cosa ne dici, Élisabeth?»

«Ehm... Mi pare che mi abbia parlato di cioccolato... e quanto al numero... un etto e mezzo di zucchero... direi un dolce per quattro».

Sembra riflettere a tutta velocità.

«Ricevevano spesso persone?»

«Sì, a volte noi».

«Soltanto voi?».

Ho una specie di lampo. Cerco conferma negli occhi di Élisabeth, vedo che è colpita come me.

«Beh, sì».

Cazzo, come abbiamo fatto a non pensarci? È vero che Chantal non stava bene, ma Guy, i suoi colleghi dell'agenzia immobiliare, i suoi amici. Perché non li abbiamo mai visti? E cucinava benissimo, oltretutto. Un vero chef...

«E ieri?».

Sussulto.

«Ieri cosa?»

«Non avete notato niente di anormale?»

«Le abbiamo appena detto che ieri non li abbiamo visti».

«Rumori sospetti?».

Lo fucilo con lo sguardo. Rumori di cosa? Di macchina per stampare banconote false? Di motori di macchine rubate? Trenta uomini per arrestarli. In quale letamaio possono essersi cacciati? Si avvicina ancora di più a noi.

«Stanotte per esempio?».

Scuoto la testa.

«Stanotte ho soltanto sentito Guy tornare col furgoncino».

«Saprebbe dirmi a che ora?»

«No, ma era tardi, anzi molto tardi».

«Molto bene, per il momento è tutto».

Lo guardo, stupefatto. Non penserà mica di andarsene senza dirci niente. E poi gli arnesi, cosa me ne faccio? Mi fissa senza capire.

«Quali arnesi?»

«Quelli del suo capanno, che mi ha affidato».

Spalanca gli occhi.

«Quale capanno?»

«Quello che ha nel bosco».

Un vento di panico si abbatte su di lui. Eppure è un tipo di quelli corazzati, che cosa...

«Sa dove si trova questo capanno?»

«Sì, certo».

«Potrebbe indicarmelo su una mappa?».

Improvvisamente parla veloce. La sua paura mi attanaglia.

«Il problema è che... dovrebbe essere veramente precisa, la sua mappa...».

Quella tensione sul suo volto.

«Potrebbe portarmici?»

«Dipende, in macchina o a piedi?».

Mi dà una brutta occhiata.

«In macchina, ovviamente!».

Tenere un contegno, pensare ad altro. A Hanoi. Alle strade di Hanoi. Al rosso luccicante delle elitre di un *Lycidae*.

«Ci vogliono un po' più di cinque minuti, ma ci sarà comunque da camminare».

«D'accordo, la porto, ma lei resterà in macchina».

5.

Fuori, gli alberi scintillano di luce. Resto un momento sulla soglia a fissarli, cercando di evitare meglio che posso la visione del gendarme, laggiù, che perlustra intorno alla casa. Quindi è tutto vero. Bretan percepisce il mio turbamento. Mi fa segno di raggiungerlo. Quanto sono imbecille. Non sarei mai dovuto uscire. Aprendo la porta, ho lasciato che il disastro si propagasse.

«Venga adesso».

Obbedisco, a testa bassa, odiando me stesso per non avere il coraggio di chiedergli di fare attenzione ai fiori, le hosta bianche soprattutto, e le camelie e le orchidee giacinto di cui Chantal è così orgogliosa. All'altezza del vialetto ho come un blocco. Busseremo mai più alla loro porta per un aperitivo? E la legna che compravamo insieme? Il tosaerba che ci prestavano?

Bretan mi fa segno da lontano di affrettare il passo. Sto per raggiungerlo quando, dietro una delle finestre del piano terra, mi sembra di veder passare una sagoma vestita di bianco. Il mio cuore si mette a battere con violenza. Un semplice riflesso o uno dei tecnici della scientifica che nelle serie tv arrivano quando c'è stato un delitto? Non ho visto entrare nessuno e le due finestre della facciata offrono adesso una superficie così buia che non riesco a distinguere nemmeno un mobile all'interno. Inquieto, interrogo Bretan con lo sguardo e lui, per tutta risposta, ordina a cinque dei suoi uomini di andare alle macchine. Perché nessuno di loro ha paura mentre in me tutto trema? È perché non riesco ancora a crederci? Ma credere a cosa?

Vicino alle macchine Bretan è impaziente. Vorrei dirgli quanto mi odio per aver lasciato che sia stata Élisabeth a raccontargli del nostro incontro, quel modo che abbiamo avuto, fin dall'inizio, di instaurare dei piccoli rituali tra noi, il martedì, dopo il lavoro, andare a bere un bicchiere, il giovedì fare la spesa e il sabato...

«Si metta sul sedile davanti e si allacci la cintura».

Sento la sua voce come in sogno. Parte in silenzio e mi chiedo perché così tante macchine ci stiano seguendo, cosa sperano di trovare nel capanno, mi aggrappo per un istante all'idea che si siano sbagliati, in fondo alla strada, la provinciale da prendere a sinistra, poi di nuovo a sinistra, la stradina sterrata che va fatta lentamente perché è piena di buche. Evito di parlargli delle infinite discussioni che abbiamo avuto con il sindaco di P. sull'argomento. Della collera di Guy nel non vedere la pratica fare passi avanti. Un Guy che rivedo, all'uscita dall'ultima riunione, mentre batte i pugni sul tettuccio della sua macchina. Della sorpresa mia e di Élisabeth, così poco abituati a vederlo perdere la calma, del suo sorriso di fronte al nostro stupore, delle risate a crepapelle che ne erano seguite e su cui scherzavamo ancora. Cosa poteva aver fatto e quando? Ieri? Ma ieri Chantal non era con lui... E se fosse stata lei, per un'overdose di medicine, a perdere il controllo? Se, come uno di quei matti, si fosse messa a schiacciare la gente al volante della sua macchina? Incollo il viso al vetro, cerco di immaginare la scena, no, non sta in piedi, ma niente sta in piedi da stamattina. Faccio cenno a Bretan di fermarsi, gli indico con il dito la quercia in mezzo alle felci.

«Dopo averla superata prenda a sinistra fino a un tronco bruciato da un fulmine. Lì giri a destra e salga. Quando sarà in cima, il capanno si troverà sull'altro versante, a valle».

Esce dalla macchina pregandomi di aspettarlo. Ho una voglia matta di seguirlo, ma non ce la faccio, come quando mio padre, dopo lunghi mesi di assenza, mi chiedeva di avvicinarmi a lui. Eppure non mi faceva alcun male. Nonostante tutto, qualcosa in lui mi faceva paura. Qualcosa che aveva meno a che fare con la sua persona di quanto facesse supporre il suo silenzio: una traversata dell'orrore che dovevo per forza tenere a distanza, come qui, con questo capitano la cui aria di superiorità e la cui esperienza allo stesso tempo mi esasperavano, mi spaventavano e mi rassicuravano.

Il sole si alza dolcemente. Hanno raggiunto il capanno? Guy lo chiudeva sempre con l'aiuto di un catenaccio, cosa che mi faceva ridere. Non si vedeva mai nessuno in giro nei paraggi: chi avrebbe potuto avere voglia di forzare la porta? Ma Guy non demordeva. Forse lo usava come nascondiglio? Tutte le volte che ci sono stato con lui non ho mai visto niente di losco, al massimo i suoi attrezzi e qualche ceppo di legno. A meno che non ci abbia nascosto qualcuno, ma allora dov'erano il letto, i fornelli, le stoviglie, le lenzuola? E se fossero stati arrestati per un misfatto commesso nel passato? Si spiegherebbe tutto: l'acquisto di quella casa in quel posto sperduto, la depressione di Chantal, l'assenza di amici. Rimpiango di non aver preso il telefono. È stato tutto così veloce. Élisabeth sarà ritornata a letto? Quanti poliziotti saranno ancora lì? Avrà bevuto un caffè? Avrà visto il nastro segnaletico dalla finestra?

Una brezza leggera fa muovere le chiome degli alberi. Per un attimo tutto si curva. Abbasso un po' il vetro, prendo fiato. Anche se è da quattro anni che li frequento, che cosa so di loro in fondo? Che non potevano avere figli e che si erano sposati dieci anni fa, ma dove e in quali circostanze? Non parlavano mai delle loro famiglie, a parte Chantal, una volta: sua madre che non aveva potuto assistere al loro matrimonio per via del cancro. Poi era morta? Probabilmente Lisa ne sa più di me. L'anno scorso era riuscita a convincere Chantal ad andare a nuotare con lei alla piscina di P. Guy aveva fatto di tutto per dissuaderle. Ai suoi occhi sua moglie era troppo fragile. Aveva una paura folle che annegasse. In quei momenti di intimità, Chantal aveva confidato a Élisabeth dove aveva conosciuto Guy e perché avevano deciso di venire a stare qui? Se ci penso, non saprei dire dov'è nato Guy, se ha fratelli o sorelle né se, prima di lavorare nell'immobiliare, abbia bazzicato altri settori. Tra noi era più che altro una complicità strumentale. Non c'è bisogno di molte parole per riparare, fissare, piallare o condividere i «trucchetti» che facilitano il lavoro: quella catena da motosega funziona meglio di un'altra, quella vernice non ha bisogno di una seconda mano. Quanto alla nostra passione comune per gli insetti, anche qui poche chiacchiere, se non per classificare, nominare oppure raccontare, commossi, la schiusa delle larve di una crisope verde, l'accoppiamento di due scarabei eremita, la parata nuziale di una panorpa.

Le chiome degli alberi si piegano di nuovo. Come avranno fatto a far saltare il catenaccio e cosa ci avranno trovato? Mi ero stupito quando Guy mi aveva parlato di voler rimbiancare il suo capanno, visto che ci andava solo per fare un po' di bricolage o per tagliare la legna. Ma si era stufato di vedere le pareti scrostate, diceva che era il momento di rinnovarlo. Poi ci eravamo visti poco. La domenica dopo era solo venuto a chiedermi se, giusto per il tempo in cui ridipingeva, poteva lasciare i suoi attrezzi nel mio laboratorio. Avevo detto di sì, ovviamente, poi avevamo discusso sul posto migliore per comprare tinte di qualità. Guy detestava farsi fregare e preferiva farsi venti chilometri in più per pagare il prezzo adeguato. Dopo averlo aiutato a scaricare il suo furgoncino, gli avevo chiesto se avesse bisogno di una mano per la rimbiancatura. Mi aveva guardato, colpito: «No, sei gentile, ce la faccio».

E ora questo nastro segnaletico che esplode nel sole come un incubo. Mi rannicchio sul sedile, fisso il vano portaoggetti, mi chiedo se ci sia un'arma dentro. Esito qualche secondo. Armato forse mi sentirei meglio. La minaccia è vaga, e non ha nessun senso. Se potessi almeno capire da dove arriva questa mia apprensione. Chiudo gli occhi, immagino il capanno laggiù. In mezzo a muschio e rami spunta uno di loro. Bretan o uno dei suoi subalterni? Con un colpo di piede di porco fa saltare la porta. Chi entra per primo? E per trovarci cosa? In macchina, riapro gli occhi, cerco tra le foglie qualcosa che mi conforti. Il foro spalancato dell'occhio dell'animale, la sua infinita pietà, il suo sconforto forse. E dappertutto questo verde splendente. Non dovrebbe essere inverno? Il fango che si attacca agli stivali? Gli alberi contorti? Scarnificati?

Sono il figlio che rifiuta di avvicinarsi al padre, il bambino che per ore contempla le spalle immobili della madre davanti al tavolo di cucina, sono il padre di Marc, il marito di Élisabeth, quello che non fa storie e su cui tutti possono contare in fabbrica. Perché mi succede tutto questo?

6.

Quando, finalmente di ritorno, Bretan mi confida di non aver trovato niente, sorge in me una formidabile speranza. Forse dopotutto Guy e Chantal sono innocenti. Ma niente in me esulta per questo. Peggio. Una mostruosa, inesplicabile angoscia m'invade lentamente.

«Ma dentro...?».

Mi guarda, preso alla sprovvista.

«Dentro cosa?»

«Guy, voglio dire... aveva rimbiancato?»

«Di cosa sta parlando?»

«Le pareti, erano rimbiancate o no?».

Sono stato veramente io a urlare? Sì, sono stato io. Mi guarda, allucinato. Uscire adesso. Uscire a prendere aria a pieni polmoni. Mi trattiene per un braccio.

«Stia fermo».

Quel mormorio nella sua bocca. Quasi una supplica. Quindi, anche lui, annegato? Di fronte al corpo senza vita di Abdane, in fabbrica, solo l'abbraccio era riuscito a soffocare le urla che sarebbero arrivate dopo, soprattutto le mie quando avrei capito che se n'era andato. La sua voce mi riporta di nuovo in superficie.

«All'interno l'unica parete rimbiancata era quella della porta d'ingresso».

La sfilza di immagini che mi tornano in mente: Guy e io che carichiamo i bidoni di tinta sul suo furgoncino e, ancora più indietro, noi due sudati come maiali mentre tagliamo la legna sotto il calore cocente dell'estate.

«Strano, ero sicuro che avesse finito».

«Cosa glielo fa pensare?»

«Perché è uno veloce Guy, ed erano già due settimane».

Perché quel ritardo? Stava facendo un'altra cosa? Ma a che scopo? Vengo di nuovo sommerso dall'angoscia.

«Cazzo, è così difficile non sapere».

«Le do la mia parola che presto le dirò di più. Posso partire adesso?».

Quella bontà tutta nuova nella sua voce. Come per consolarmi in anticipo. Acconsento, perso, un gesto spezzato nel momento in cui rimette in moto. È così bello oggi. Di sicuro con le piogge della settimana scorsa il bosco sarà pieno di finferli.

«Quando prima le ho chiesto se voleva andare al capanno a piedi o in macchina è perché dietro questa boscaglia un sentiero porta a casa loro».

«Cazzo!».

Dà una rapida occhiata allo specchietto retrovisore, cerca con lo sguardo i suoi colleghi, ma se ne sono già andati.

«Vuole che glielo faccia vedere?»

«Non ho tempo. È visibile il sentiero?»

«Sì, direi di sì. Guy lo faceva spesso...».

Una nuova tensione sul suo volto. Fissa i cespugli, indeciso, finisce per comporre un numero sul suo telefono, chiede a un certo Fred di tornare prima possibile. Riattacca, lo sguardo sempre inchiodato all'altro lato della stradina. Ci ho messo troppo a parlargli di quella scorciatoia? Ma poi, cosa spera di trovare? Tira fuori di tasca un pacchetto di sigarette, se ne accende una.

«È bello il bosco da queste parti».

Ha detto quelle parole quasi con tristezza. Io confermo con un cenno della testa, chiedendomi se stava parlando da solo. Aspira una prima boccata, apre il vetro.

«Lei ha figli?»

«Un ragazzo di ventitré anni, che è andato a lavorare in Vietnam l'anno scorso».

Non aggiunge niente e io vorrei chiedergli se conosce quel paese, se anche lui ha figli, se pensava a loro parlando del bosco e se...

«Non si preoccupi, appena arrivano i miei colleghi la riaccompagno».

Mi riaccompagna e poi? Pranzo e mi occupo dell'orto? Portiere sbattute interrompono i miei pensieri. Spegne la sigaretta, va dal suo collega. Nello specchietto retrovisore, sembra che abbiano fretta. Forse sanno che Guy e Chantal non hanno avuto il tempo di nascondere lontano il loro bottino. Perché, sennò, quella fretta di raggiungere il capanno e ora quella scorciatoia?

Di ritorno alla macchina mette in moto, pensieroso, poi mi avvisa che dovrò consegnargli gli attrezzi che Guy mi aveva lasciato. Annuisco in silenzio.

«Le aveva affidato qualcos'altro?»

«No».

Scuote la testa, sempre assorto nei suoi pensieri, e non ho il coraggio di fargli domande. Da lontano, nella curva, il nastro segnaletico riappare come in un brutto sogno. Il mio desiderio di camminare lungo l'Aune era così bello stamattina. Non potrebbe tornare indietro? Ma la macchina procede. Assorbendo tutto, la nostra casa, i nostri fiori, le nostre sedie. E improvvisamente la visione di quei due uomini di fronte a casa loro. Stavolta non sogno di sicuro.

«Che... che ci fanno lì, quei due?»

«Chi?».

Lo fa apposta?

«Quelli vestiti di bianco, davanti a casa loro».

«Ah, loro? Ispezionano la casa».

Ha risposto troppo velocemente. Qualcosa non va.

Il suo volto è fisso.

«Hanno l'uniforme regolamentare, sì».

Ma lui allora, e tutti gli altri poliziotti? E poi l'uniforme regolamentare per quale razza di ispezione? Comincia a tremarmi la voce.

«C'è stato un delitto, è così?».

Non risponde subito e il suo silenzio mi spaventa.

«Ho detto questo?».

Ha pronunciato quella frase con una tale calma. Lo guardo, sconcertato.

«Ma... quelli...?».

Tira il freno a mano.

«Sono qui per mettere sotto sigillo alcune prove. Ora

deve smettere di farmi domande e andare da sua moglie. Appena posso vi darò notizie. D'ora in poi cerchi di prendere nota dei dettagli anche minimi che possono tornarle in mente. Dimenticavo. Fino a nuovo ordine, le chiedo di non toccare la pattumiera all'esterno e di non raccogliere niente da terra, anche se si tratta di una cicca o di un foglietto, di non avvicinarsi alla casa dei vicini e, come i miei uomini dovrebbero aver detto a sua moglie, di aspettare ventiquattr'ore prima di avvisare i vostri conoscenti».

«Ma li avete arrestati!»

«Non sappiamo ancora tutto, e vogliamo essere certi che non ci sfugga niente».

«Posso almeno avvisare mio figlio in Vietnam?»

«Nessuno. Adesso vada».

Non potrebbe almeno accompagnarmi per parlare con Lisa? Avrà così freddo. Avrà almeno fatto la doccia?

7.

Mi aspetta in salotto, la faccia distrutta. In mia assenza, due uomini dei reparti speciali sono venuti a chiederle se andava tutto bene. Lei gli ha detto di sì senza avere il coraggio di offrirgli un caffè. Come a me, la vista del nastro segnaletico le ha fatto un terribile effetto, ma soprattutto il loro numero, la precisione dei loro gesti. Alla fine ha fatto una doccia e si è messa quel vecchio maglione che di solito sceglie quando dipinge. È solo scendendo che ha notato i due piatti vicino alla televisione. Un tale disordine, che avranno pensato? Si è messa a lavarli, e poi tutto il resto. Si stringe a me. Cosa ci siamo detti con l'ufficiale? Sono stato insieme a lui al capanno? Cosa c'era lì? Ho la minima idea di cosa abbiano potuto fare Guy e Chantal? Siamo i soli a sapere? Succede sempre così?

«Così come, Lisa?».

Si stacca dolcemente. Chantal è così fragile, avrà urlato vedendoli, si sarà difesa, l'hanno buttata a terra per metterle le manette? E Guy? Il loro giardino? I loro fiori? Le bisbiglio che non ne so più di lei, che forse è meglio andare a fare una passeggiata, ma quel pomeriggio lei deve andare alla riunione organizzata dal sindaco sull'ampliamento del salone delle feste, e subito dopo ha promesso di passare da Isabelle e Laszlo per parlare dell'organizzazione della corsa campestre. Le bisbiglio che in mezzo a tanta gente non riuscirà mai a tenere la bocca chiusa, ma che però è necessario, l'ufficiale l'ha espressamente ordinato.

«Ma perché Thierry, perché ci chiede questo?»

«Forse hanno dei complici».

Élisabeth si mette bruscamente a ridere.

«Chantal, dei complici? Nemmeno le cassiere del supermercato hanno il coraggio di rivolgerle la parola!».

Le carezzo i capelli, le dico che lo so. Lei balbetta che non riesce a calmarsi, eppure di situazioni difficili è esperta, non più tardi di ieri, alle Rosalides, il vecchino che si è cacato addosso e la signora Gros che tutte le mattine trova per terra. Di nuovo, vorrei che stesse zitta. È bella, per la miseria, si fa solo del male a rimuginare così. Se ci fosse ancora Jules, almeno. Me la immagino che ci corre tra le gambe e sbatte contro i mobili.

«Thierry, mi ascolti?».

I suoi grandi occhi verde mandorla che mi fanno sciogliere ogni volta che li vedo. Le carezzo la guancia in silenzio quando suona il campanello. Le faccio segno di non muoversi e vado ad aprire la porta. Alla vista dei due uomini in uniforme bianca, mi liquefaccio.

«Buongiorno signore, il capitano Bretan ci ha detto che il suo vicino le aveva consegnato degli attrezzi, giusto?».

Annuisco, incapace di muovermi.

«Può mostrarci dove sono, per favore?».

No. Non loro in casa nostra con i guanti di cacciù, la maschera, i sovrascarpe. Ma alle mie spalle Élisabeth li invita a seguirla. Quindi entrano, entrano con i loro sacchi, le loro macchine fotografiche. Angeli malefici che inseguono l'orrore. Fino al mio laboratorio, dove, per vederci più chiaro, apro le due finestre che danno sul bosco. La luce del giorno entra immediatamente. Il primo si mette a fare foto a raffica mentre il secondo si avvicina alle tre campane di vetro in cui ho messo qui un coleottero muralis, lì due mantidi, maschio e femmina, e là infine una decina di coccinelle. Si volta verso di me, sarcastico.

«Quindi anche lei, gli insetti?».

Confermo senza battere ciglio, e rivedo me e Guy, stesi nell'erba, mentre ammiriamo il duello di due cervi volanti che lottano per una femmina.

«Proprio una grande amicizia la vostra, davvero!».

Inutile rispondere. Lui, come quasi tutti, aborrisce gli insetti. Quanti ne avrà volontariamente spappolati solo per ridere? Sempre sospettoso, lo vedo girare intorno al tavolo e fermarsi di fronte al mio muro degli attrezzi.

«Sono quelli del suo vicino?»

«La sega, la pala, la zappa e il rastrello e tutto quello che si trova in quelle tre scatole».

«Li ha usati?»

«La zappa e il mazzuolo, sì».

Guarda tutta la stanza.

«Ne ha già una di zappe. Perché ha usato quella del suo vicino?»

«La mia si svita».

«Anche il mazzuolo?».

Mantenere ancora la calma.

«L'ho preso perché non ce l'ho».

«Non ha un mazzuolo?»

«No».

«Strano, non le pare?».

Vorrebbe che fossi come Guy. Una preda.

«Bene, riprendiamo. Il suo mazzuolo l'ha usato quante volte e perché?»

«Una volta, per rinforzare i pilastri fuori».

«E la zappa?»

«Per togliere il pietrisco intorno ai piloni».

«Anche quella, una volta sola?».

Quella violenza nel suo sguardo.

«Sì, una sola volta».

«Era bel tempo quel giorno?».

Continua a fissarmi, freddo, sprezzante.

«Le chiedo se era bel tempo quando ha usato questa zappa e questo mazzuolo».

Vorrei non sentire mai più il suono della sua voce. Trovare una coperta come quando ero bambino. Infilarmici sotto. Dimenticare tutto del mondo degli uomini.

«Era bel tempo, sì».

Dà un'occhiata al suo collega, gli chiede di fare una foto dell'insieme.

Flash della macchina fotografica.

«Non ha toccato nessun altro attrezzo, ne è certo?».

Rifletto rapidamente, rivedo Guy, il sorriso sulle labbra, mentre bussa alla porta, il furgoncino parcheggiato di fronte al garage...

«Difficile dirlo. Forse la sega... aiutandolo a scaricare...»

«Crede o è sicuro?»

«Sono... sono sicuro».

«Benissimo. Ora può lasciarci».

Ma come faccio ad andarmene senza fare la domanda più ovvia? Ma non riesco a dire nessuna parola. Solo uno spesso silenzio in cui il mio corpo galleggia. La voce di Élisabeth mi tira via.

«Vieni, adesso dobbiamo lasciarli».

8.

Appena dopo che se ne sono andati, senza nemmeno metterci d'accordo, iniziamo a navigare in rete, a passare da un canale all'altro, da una frequenza radio all'altra, alla ricerca della minima notizia su di loro.

Un po' più tardi faccio cuocere una pizza che ci dividiamo davanti a un reportage dedicato alle virtù dei mirtilli rossi. Poco dopo ci tocca un dibattito sulla questione dei doveri casalinghi, seguito dalle immagini di una manifestazione di agricoltori, poi da quelle su un attentato compiuto in una moschea in Iraq e infine da quelle sui numerosi visitatori del Salone di Bourget... Niente su un qualsiasi sequestro di droga, su una rapina, su una distrazione di fondi o su un regolamento di conti. Il loro caso quindi non era così grave e forse l'aspetto così spettacolare del loro arresto era dovuto a un eccesso di zelo, o a una falsa pista. Due anni fa, il prefetto della zona aveva mandato una ventina di poliziotti ad arrestare quella coppia di disoccupati che coltivava piante di cannabis in giardino.

Sono subito le sette di sera. Fuori il sole è ancora alto. Dalla finestra della cucina intravediamo ancora i due stessi uomini in bianco mentre discutono con il poliziotto di guardia davanti all'ingresso. Nessuna traccia di Bretan, e quelli dei reparti speciali sembra che se ne siano andati.

Un po' più tardi, il meteo annuncia forti raffiche nella notte, e anche temporali, ma più localizzati. Dopo il passaggio della tempesta del '99, e nonostante le suppliche di Élisabeth, avevo avuto bisogno di rendermi conto dei danni da solo. Non solo delle tegole volate via dal tetto, né dei vetri rotti, ma del bosco intorno. Il mio bosco. Per quanto tempo ho camminato attraverso quel caos di foglie e di rami? Dappertutto la stessa desolazione. Avevo finito per sedermi e chiedere perdono. Non so a chi. Ma il perdono era necessario. Poi mi ero chinato a raccogliere un po' di terra.

«Ehi, mi sentite?».

È Marc, il cui volto appare un po' sfocato nello schermo del computer.

«Qui è un diluvio. Aspettate, vi faccio vedere. È una roba pazzesca!».

Sposta la webcam. Inquadratura dei suoi piedi. Inquadratura dei panni per terra. Infine un quadrato bianco su un formidabile rumore di tamburi battenti. Élisabeth si sforza di ridere.

«Non si vede niente, tesoro!»

«Ma lo sentite, no?»

«Lo sentiamo, sì, ma vogliamo vedere te, come stai?».

Di nuovo il suo volto. Abbronzato. Sorridente. Con le occhiaie.

«Lavoro come un dannato, è bello!»

«Dormi, almeno?»

«Dormo, ma esco anche molto, come tutti i giovani qui. Quando venite?»

«Costa caro, bambino mio»

«Comunque cambio casa. Un bilocale, megalusso! È di un'amica che va a studiare in Giappone per due mesi. Me lo presta nell'attesa. C'è anche una Jacuzzi, dovete venire, è troppo bello qui».

«Chi è questa amica?»

«Un'amica. E voi, la casa?».

Mi metto davanti.

«Tutto bene. Quando pensi di tornare?»

«Devo vedere con il capo. Anzi, lo sapete? Ha appena comprato un cane e l'ha chiamato Jules! È buffo da morire, no? Beh, devo lasciarvi. Per l'appunto domani lavoro. Baci a tutti, eh!».

Lo schermo diventa nero.

Jules... Cosa gli è preso a quel capo di chiamare il suo cane così? Fisso il computer, poi attraverso la finestra, i due uomini della scientifica inginocchiati di fronte ai fiori di Chantal. A questa distanza mi è impossibile sapere se hanno trovato qualcosa. I loro due sacchetti di plastica sono troppo piccoli per poter distinguere alcunché. Tra qualche minuto partirà l'irrigazione automatica. Sono stato io a regalargliela per ringraziare Guy di avermi aiutato a sbarazzarmi della tonnellata di terra prodotta dalla costruzione della terrazza. Sotto lo sguardo di Lisa e di Chantal che chiacchieravano, avevamo passato una domenica pomeriggio a sotterrare i tubi. La gioia che ci aveva colti la sera, vedendo tutti i getti attivarsi nello stesso momento. Era qualche settimana prima della ricaduta di Chantal. In quel periodo ci ritrovavamo ancora per delle belle grigliate e certe sere giocavamo a carte. Quando e in che modo torneranno quei tempi? Dopo il passaggio della tempesta la devastazione era chiara, ma qui, dietro il nastro segnaletico, come farà a rimanere tutto intatto?

Ancora nessuna fuga di notizie sui giornali dopo ventiquattr'ore, e abbiamo improvvisamente quasi voglia di ridere. Con un po' di fortuna già domani Guy e Chantal potrebbero suonare alla nostra porta «scagionati» con, per giunta, le scuse più sentite della polizia.

Poco prima di andare a letto, Élisabeth esita a chiamare le sue sorelle. Poi, no. Ha solo voglia di infilarsi sotto le lenzuola, di spegnere, di dimenticare tutto, perfino le raffiche di vento fuori, l'assenza di Marc, il loro bucato ancora appeso, le loro persiane che sbattono.

9.

Bum! Bum! Bum!

Apro gli occhi, è appena l'alba, cos'è questo casino? Un altro colpo alla porta, e più forte questa volta. Le sette e venticinque! Questa volta si solleva anche Élisabeth.

«Saranno ancora loro?».

Altri due colpi. Mi alzo di scatto, mi vesto in fretta, mentre Élisabeth corre in bagno a prendere la vestaglia. Furioso, mi precipito per le scale. E a quel punto, stupore. Invece di Bretan, una incantevole ragazza in jeans, t-shirt super attillata, è sulla soglia della porta. Accanto a lui un ragazzo, con la telecamera in spalla. Senza lasciarmi il tempo di riprendermi dalla sorpresa, la ragazza, armata di un superbo sorriso, tende il microfono verso di me.

«Allora, quali sono le vostre impressioni dopo che è uscita la notizia?».

Sgomento, guardo la telecamera e poi la ragazza.

«Cos'è questo circo? Chi siete?».

La ragazza mi dà la mano.

«Nathalie Ernu. Rj Tv. Sono venuta a raccogliere la vostra reazione a caldo».

«Quale reazione? Noi non sappiamo niente. E poi ha visto che ora è?».

Senza sembrare minimamente turbata, la ragazza fa segno al suo cameraman di avvicinarsi.

«Non mi dica che non ne siete al corrente. Guy Delric, il suo vicino, l'assassino che tutti cercavano da anni!».

L'informazione mi arriva come un'onda. Alle mie spalle, Élisabeth trattiene un urlo.

«Ma insomma... di cosa sta parlando?».

Trionfante, la ragazza forza, di un passo, l'ingresso.

«Le ragazze scomparse, è stato il suo vicino! È lui!».

Un'altra onda. Di una violenza inaudita questa volta. Élisabeth arretra di un passo.

«Ma cosa... le ragazze?».

Di fronte alla nostra aria distrutta, la ragazza sembra ancora più eccitata.

«Non avete visto il telegiornale di mezzanotte? Sua moglie ha confessato tutto! Gli stupri, gli omicidi! Tutto!».

Alzare la testa. Trovare un punto d'appoggio. Guardare e basta per rimanere in piedi? Le unghie di Élisabeth affondano nella mia pelle. Non distinguo più niente. La ragazza sì. Le sue labbra scarlatte. La sua voce come un'eco in lontananza.

«Cari telespettatori, è normale che siano sotto choc, immaginate di scoprire un tale orrore sui vostri vicini».

Una nuova onda. Ancora più alta. Il suo infrangersi a

due metri, a un metro... All'impatto il giardino, la casa, le pareti della casa, le sedie, tutte le sedie.

«Avevate notato qualcosa? Da quanto tempo li conoscevate? Eravate in buoni rapporti con loro? Come vi sembrava lei? E lui?»

«...»

«Signora? Signore? Mi sentite?».

Il corpo di Élisabeth, il peso del suo corpo sul punto di.

«Thierry, chiudi la porta».

Ma il sorriso della ragazza. Così brutale. Il suo piede nello spiraglio per impedire la chiusura.

«Per favore, solo una parola, per i nostri telespettatori».

«Fuori!».

Mi fissa, attonita, sta per perdere l'equilibrio.

«Ma...».

Sbatto la porta.

Strappo il campanello.

Chiudo a chiave.

Mi volto, afferro Élisabeth.

«Sta mentendo, mi senti, sta mentendo! Guy non avrebbe mai potuto fare una cosa del genere! Mai!».

10.

Reine, 20 anni, scomparsa sette anni fa.
Virginie, 14 anni, scomparsa sei anni fa.
Zoé, 22 anni, scomparsa quattro anni fa.
Margarita, 19 anni, scomparsa tre anni fa.
Selima, 13 anni, scomparsa due anni fa.
Marie-Anne, 13 anni, scomparsa diciannove mesi fa.
Violine, 15 anni, scomparsa due mesi fa.
Anne-Cécile, 14 anni, scomparsa da quattro giorni, salvata in extremis, oggi in coma.

In casa nessun oggetto si è mosso. Eppure l'onda ci si è infranta contro. Cancellando e radendo al suolo tutto. Cerco gli occhi di Élisabeth, che fissa il posto, inebetita come me. Sullo schermo ripetono continuamente i nomi delle piccole vittime, sottolineando, quasi con esultanza, «che potrebbero essercene altre, anche molte altre». Poi tornano a quella storia incredibile - un vero miracolo, dicono - quella coppia di escursionisti persi in mezzo al bosco che, totalmente per caso, nella notte tra venerdì e sabato, si sono imbattuti nel «mostro» che stava per finire la piccola Anne-Cécile a coltellate. È grazie alla loro testimonianza e alle impronte lasciate da Guy Delric che la polizia ha potuto finalmente identificare l'assassino, e arrestarlo all'alba del giorno dopo insieme a sua moglie.

Sullo sfondo, sfilano le foto delle ragazze, una con la passata nei capelli, una con una collana di perle, una con i suoi graziosi orecchini e la camicia a fiori. Da quanto tempo siamo seduti sul divano del salotto? E dov'è Marc? Ma forse, schiacciandoci forte le mani sulle orecchie, tutto tornerà come prima. Il pavimento e le pareti del salotto ballano. È per il riflusso dell'onda? E allora perché non ci inghiottisce? In questo momento «non possono dire di più, ma è già molto». In questo tipo di casi, è estremamente raro ottenere confessioni così rapide. Come quella di «sua» moglie, qui, che appena arrestata si sarebbe messa a parlare senza più smettere. «Come impazzita», sottolineano. Lui, no. Di lui non si sa ancora niente. Né di come le ha uccise, né i posti in cui le ha sepolte. Poi di nuovo l'elencazione dei loro nomi, «Reine, Virginie, Zoé, Margarita, Selima, Marie-Anne, Violine», accompagnata dai loro ritratti. «Volti che i loro genitori non vedranno mai più», commenta, con le lacrime agli occhi, una giornalista che di fronte a una tale ignominia «si pone seriamente la questione del ripristino della pena di morte». Quanti colpi il corpo prima di rompersi? Quanti, prima che la carne vada in fumo?

Bisognerebbe alzarsi.
Prendere i cappotti.
Sparire.

11.

Reine e Virginie, era prima del loro arrivo, ma tutte le altre, a cominciare da Zoé? In quel periodo Marc era già andato a studiare a Grenoble e Guy aveva appena comprato la casa. Probabilmente non ci eravamo ancora conosciuti. La piccola Margarita invece era l'anno dei vent'anni di Marc. Per festeggiare «quello» e consolarci dell'assenza del «piccolo», Guy e Chantal erano spuntati con un sontuoso Pauillac. Un anno dopo, nel momento della scomparsa di Selima, Marc ci aveva appena parlato del suo desiderio di andare a vivere in Vietnam. Stavamo in casa come cuccioli abbandonati e Guy e Chantal ci invitavano spesso per distrarci. Quando, meno di sei mesi dopo, è stato il turno della giovane Marie-Anne, un vento di panico soffiava sulla regione. Più nessuna donna, compresa Élisabeth, aveva il coraggio di andare in giro da sola. Guy, mi ricordo, aveva finito per prenderla in giro: «Ma non lo vedi, a quel tipo interessano solo le ragazzine!».

La piccola Violine è stato appena prima della ricaduta di Chantal. Lo sapeva già? Quanto all'ultima... Suoneria del telefono di Élisabeth. Una piccola ninnananna che si fracassa contro le pareti. Le do un'occhiata, aspetto che reagisca. Assente, fissa lo schermo in cui, costernati, ricordano il sogno della piccola Virginie di diventare un giorno veterinaria. La suoneria squilla di nuovo. Élisabeth continua a non muoversi. Due minuti dopo, l'insopportabile melodia risuona per la terza volta. Alla fine cazzo.

È il capitano Bretan. Furente. Ha fatto di tutto per evitare la stampa, ma quegli stronzi di giornalisti si precipitano sulle carogne peggio degli avvoltoi. Non sa da dove sia partita la fuga di notizie, promette di farla pagare all'imbecille che ha permesso questo casino. Si scusa di essere così esplicito. Non ha chiuso occhio da due giorni. Mi aggrappo alla sua collera, mi persuade che mi sta parlando di un errore magistrale. Perché quelle ragazzine. Quel sangue.

«Cosa avete detto alla ragazza di Rj Tv, stamattina?».

Una parola. Una sola. Non è complicato porca miseria.

«Thierry, ho bisogno che lei stia dalla mia parte. Le ha parlato del capanno?».

Il capanno in cui insieme a Guy tagliavamo la legna e bevevamo.

«Mi risponda, Thierry. Gliene ha parlato?»

«No».

Respira, concede un grazie, mi chiede di tenere duro e soprattutto di non rilasciare nessuna dichiarazione a quegli idioti. Anche se parla veloce la sua voce mi fa bene.

E glielo dico. «La sua voce mi fa bene». D'improvviso c'è una specie di silenzio all'altro capo del telefono. Un silenzio in cui mi infilo e in cui vedo Jules, la mia cagna, che corre a perdifiato nel bosco. E dov'è infatti Jules? E Marc?

«Thierry, si sente bene?».

Laggiù, in salotto, Élisabeth è sempre immobile. Mi aggrappo a lei. Ce n'è bisogno, perché tutto sprofonda, il pavimento, anche se so che non si muove.

«Ieri... volevo prendere in prestito la sua scala...»

«La scala di chi, Thierry?».

L'onda si abbatte senza pietà. Nessuno urla. È l'alba. Cosa ho fatto per meritarmi questo?

«Di chi?».

La sua voce. L'onda.

«Guy».

«Cosa voleva fare?»

«Salire sul tetto...»

«E poi?»

«Non ci sono andato...»

«Dove non è andato, Thierry? Sul tetto?»

«No, da Guy. Non sono andato da lui perché era molto presto e so che a quell'ora non è mai di buon umore».

«Thierry, cosa sta cercando di dirmi?»

«L'ho invitato da noi, ho mangiato, ho bevuto con lui...».

Fa un sospiro.

«Thierry, ho bisogno di fatti precisi. Finora solo lei ha parlato, capisce?».

Rivedo lo sguardo di Chantal di fronte alla tomba della loro cagna, la sua mano che getta un po' di terra. Da quanto tempo lo sapeva? Perché non ha detto niente?

«Thierry, uno di voi due tiene un diario o ha un'agenda?»

«Élisabeth, un'agenda in cui segna i suoi appuntamenti».

«Perfetto, e lei?»

«Io qualcosa di simile a un diario, sì».

«Da quanto tempo?»

«Da quando il mio ragazzo è andato all'università, ma così... solo qualche pensiero...»

«Mi ascolti, Thierry, si rilegga questi diari a partire da oggi...».

La sua voce si perde nelle tenebre. Evoca le date della scomparsa delle ragazze, dettagli che avrei potuto annotare, che potrebbero tornarci in mente, a me e a Lisa. Vorrei parlargli dell'onda, dirgli di nuovo quanto mi fa bene quando pronuncia il mio nome, come se ogni volta mi riportasse sulla terra. Non me ne lascia il tempo, riattacca dopo avermi avvisato dell'imminente arrivo di tre poliziotti per impedire qualsiasi intrusione di giornalisti. Per lunghi minuti rimango in piedi, il telefono in mano. A qualche metro, la televisione parla dello stato stazionario della piccola Anne-Cécile, dei suoi genitori in ospedale. Immagino il suo panico nel bosco. I suoi miseri gesti per difendersi. Poi Guy, con cui ho bevuto tanti bicchieri e condiviso momenti così belli. Guy, nella notte di venerdì, il braccio alzato sopra il suo piccolo corpo mentre con Élisabeth guardavamo una commedia in televisione. E ridevamo.

12.

Quattro giorni ad aprire, a richiudere la porta della tua camera. Te ne sei andato così di corsa, figliolo mio. Pensavo di avere il tempo per raccontarti le cose. Le mie vacanze da mio nonno, la sua fattoria sulle alture del Mas-d'Artige, il colore che hanno i licheni lì, le sorgenti dappertutto, e all'inizio dell'inverno, gli alberi che virano al malva, un malva che fa esplodere il verde dei prati, quello del muschio e dei vecchi agrifogli. Intorno c'era solo bosco e all'orizzonte la pianura di Millevaches con la torba e la brughiera. Non so perché ti scrivo tutto questo. Forse perché laggiù ero il bambino più felice del mondo e adesso rimpiango di non averti mai portato. La prima estate avevo cinque anni. Quando, la mattina presto, mio nonno andava a portare le mucche al pascolo, era Jeanne, una vicina anziana, a occuparsi di me. Abitava un po' più giù, in paese, in una casa che dava su uno stagno dove nei giorni fortunati mi capitava di vedere una famiglia di nutrie. Quando succedeva era meraviglioso vedere il padre, la madre e i piccoli scuotersi al sole e poi, tutti insieme, tuffar-

si per ritrovare la superficie, con l'aria stupita. Laggiù ero completamente libero. Mi ingozzavo di more selvatiche, percorrevo i torrenti, mi arrampicavo sulle querce spezzate dai fulmini. Raymond non mi rimproverava mai. Tra noi non c'era bisogno di parole. Ma forse con te avrei dovuto parlare di più. Contavo di farlo, e poi te ne sei andato a Grenoble... Con il cinese come prima lingua, avrei dovuto pensarci che nessuna università, da queste parti, proponeva questa specializzazione. Ero convinto che ti sarebbe passata. E poi no, ovviamente, e stasera penso che dovevamo essere proprio stupidi a pensare che avresti cambiato idea. Per quanto vada indietro nel tempo coi ricordi, sei sempre stato attratto dalla lontananza. «E dopo il bosco cosa c'è papà, e dopo l'oceano?». *La tua assenza adesso è come uno schiaffo. Mi manchi, figlio mio. Mi manchi per tutte le parole che non ti ho detto e che da quando sei partito mi sommergono. Questo amore che sento per il cielo e per la pioggia, per tutte le piogge, per il vento che brucia le guance, me lo tengo dentro da quei giorni passati da Raymond. Un po' come se fossi nato laggiù, mentre non è così, ma dov'è che si nasce davvero? Con i miei genitori ero un bambino che viveva ripiegato su se stesso, fino al giorno in cui, a diciotto anni, ho tagliato la corda, come te. Per me era come farla finita con tutto ciò che mi pesava, ma per te è un'altra storia, e poi Jules abbaia, dev'essere per i lavori del nostro nuovo vicino. Uno a posto, vedrai. Ieri, intuendo la mia tristezza, mi ha confidato che sua moglie non gli aveva mai potuto dare un figlio. E lui lo avrebbe voluto. Che averlo avrebbe cambiato tutto per lui. È strano, ma le sue parole mi hanno consolato...*

Posso anche proseguire la lettura, ma i miei occhi tornano invariabilmente sulla stessa breve frase. *Uno a posto, vedrai...*

Ho scritto così.

13.

In televisione hanno trasmesso due vecchie foto di lui e di Chantal. Per una frazione di secondo non ho potuto fare a meno di trovarli belli e ho pensato che mi sarebbe piaciuto molto conoscerli a quell'epoca, poi mi è tornato tutto in mente. Ho chiesto a Élisabeth di spegnere, si è rifiutata. Di guardarmi allora. Ma per vederci cosa, a parte la medesima sfilata di ricordi che da questa mattina ci ossessionano e di cui, come nel peggiore incubo, ci ubriachiamo? Non ha bisogno di pronunciare quelle parole, né di fare alcun gesto per dirmelo. È in quel salotto come una statua, la mia Lisa. Una statua pietrificata in una sabbia cosparsa di rovine. Come faremo a uscirne? Hanno bevuto dai nostri bicchieri. Hanno cagato e pisciato a casa nostra. Loro, che un giornalista rivela si sono conosciuti dieci anni fa a Metz, in un bar il cui proprietario ha chiesto di tacere il nome per paura di perdere i clienti. Lei, a quell'epoca, già due volte divorziata, lui, affidato ai servizi sociali, mai sposato prima, ben noto però alla polizia già da quando aveva quindici anni per fughe, truffe, risse e furti. Chiedo un'altra volta a Élisabeth di finirla con quel flusso di informazioni, di chiamare piuttosto le sue sorelle. Si volta verso di me. Chiamarle per dirgli cosa? Tutte quelle ragazzine... Come ha fatto Chantal a lasciarglielo fare? E Guy, con cui ha ballato.

«Ballato, ti rendi conto, Thierry?».

E che, l'estate scorsa, l'aveva aiutata così gentilmente a sistemare il tavolo del giardino in garage. Come si può aver voglia di raccontarlo? Spegnere la televisione, ci ha provato sul serio: i ricordi sono rispuntati a grappoli interi. Chantal che, sistematicamente, inzuppava il suo zucchero nel caffè.

«Secondo te? Dopo? Durante? Prima degli omicidi?».

E che, in piscina, adorava fare il morto tanto «da voler restare per sempre così».

«Perché? Perché, Thierry?».

Guy, il giorno dei suoi cinquant'anni, che le aveva regalato un libro di ricette di pasticceria facendole promettere «di non prendere un grammo» perché la trovava «veramente perfetta così». Ancora Guy che non sopportava la vista di un piatto sporco, cosa che ogni volta la faceva ridere.

«Ridere».

E Chantal che, in cambio di un tubetto di arnica - per curare quale trauma e a chi? - le aveva spiegato che per ottenere dei bei fiori si doveva prima di tutto afferrare «fino a che punto ognuno di essi è vivo e sente il minimo male che gli si fa».

Ogni briciola di ricordo è una lama che affonda un

po' più profondamente. E allora sì, le immagini e il rumore della televisione, tutto piuttosto che quell'inferno. Mi avvicino per abbracciarla. Mi respinge parlando delle mie mani che «li hanno toccati».

Se solo ci fosse un altro sopravvissuto su questa spiaggia. Qualcuno che come noi gli abbia aperto la porta. Ma, fino all'orizzonte, sono solo detriti di corpi e di case; siamo i soli ad aver visto l'onda, i soli a essersi annientati, con lei, sul cemento e sul mondo.

Sullo schermo, un esperto parla della quasi-impossibilità per gli inquirenti di risalire fino alla coppia infernale che, da più di dieci anni, «viveva senza amici, come si fosse ritirata dal mondo». Poi arriva al «mostro». Al suo silenzio dopo l'arresto. Un silenzio punteggiato di sorrisi, quasi a voler far perdurare il terrore. E infine a lei che, appena prima di essere ricoverata d'urgenza, aveva promesso agli inquirenti di rivelare il luogo in cui si trovavano tutti i corpi.

«Élisabeth, spegni».

Mi guarda sperduta, punta di nuovo gli occhi sul video. Io vado in cucina, osservo dalla finestra lo strano balletto degli uomini a quattro zampe sul prato. Uno di loro sembra molto interessato al pezzetto di terra in cui, con Guy, avevamo seppellito Nelly, la sua cagna. Ha trovato delle ossa? Nel caso, bisogna che gli dica che non sono umane. Sto per aprire la porta, ma mi fermo di scatto. E se oltre alla sua cagna, Guy avesse deciso di... Mi rivedo, quella famosa notte, vangare accanto a lui. In quel momento mi ero stupito che non scegliesse il pezzo di terra dietro la casa, molto più tranquillo e tanto più ombreggiato. Sarà stato perché lì c'erano già altri corpi? Fisso l'erba nella luce del giorno, penso al capitano Bretan seduto di fronte a Guy, a Marc nel casino del suo appartamento di Hanoi, a Élisabeth in salotto, al sorriso frenetico della giornalista di quella mattina, al ritorno al lavoro di domani. Perché hai scelto me, Guy? E perché hai aspettato tre giorni prima di deciderti a uccidere la piccola Anne-Cécile? Tre giorni. Hanno detto così. Perché Guy? Per godertela di più? Ma dove? Dove, Guy? E tutte le altre, che ora mi tormentano?

14.

Avevo bisogno di prendere aria. Lo dissi a Élisabeth, sperando che mi accompagnasse. Lei scosse semplicemente la testa e rispose «d'accordo» con un'insostenibile rassegnazione. Per un breve istante mi venne voglia di trascinarla a forza. Attraversai il salotto quando, sullo schermo, vidi sfilare nuove foto di Guy e Chantal mentre ballavano in un salone delle feste. Fu l'allegria sui loro volti a paralizzarmi di colpo? Élisabeth era voltata di schiena. Eppure vedevo le sue lacrime. Lacrime che scorrevano e mi sconvolgevano.

Uscendo di casa, camminai rapido verso il bosco, con lo sguardo fisso. Non saprei dire con precisione quando venni travolto dalla collera. Forse dopo i primi alberi del bosco, quando voltandomi mi fu impossibile intravedere la loro casa tra i rami. Fu probabilmente in quell'istante che, lontano da qualsiasi informazione e in quell'abbondanza di foglie, emerse bruscamente in superficie. Senza più alcun controllo, mi misi a urlare il tuo nome, Guy.

Tu, il bastardo che mi aveva mentito dall'inizio alla fine e sul quale mi misi a buttare tutto quello che trovavo, sassi, rami, ghiande, cortecce, e che improvvisamente volevo uccidere. Io, «il tuo amico»! Ti avevo concesso tutta la mia fiducia. Chissà quanto ti aveva fatto ridere incontrare un idiota simile. E ora, Élisabeth, a pezzi in salotto. Élisabeth che correva al minimo lamento di Chantal e che ogni volta che escogitava un dessert si fiondava a portarne un pezzetto a te, Guy, che i suoi dessert li amavi così tanto, e che la rendevi così orgogliosa con i tuoi complimenti. Pezzo di merda! Come se non ti bastasse fare fuori le ragazzine! No, dovevi anche ingannare il tizio più coglione che tu avessi mai incontrato. Dovevi farne un testimone. Manipolarlo facendone il tuo complice! «Potresti prestarmi la sega? Avrei bisogno del tuo martello». Per farne cosa, Guy? Per ucciderle? E io, così felice di aiutarti! Mentre le violentavi una dopo l'altra e le seppellivi, ma dove? Dove, porco schifoso? Quando penso che mi preoccupavo per te ogni volta che ti vedevo andartene di notte col tuo furgoncino, sperando che le cose con Chantal si sistemassero. Chantal, ogni giorno più spenta. Beh, certo, si può dire che ti sei divertito parecchio. Verrebbe da pensare che sia stato vedendo la mia faccia da rincoglionito che tu abbia deciso di comprarti la tua baracca. Con un imbecille del genere, addio sospetti, sarebbe stato facile. E che piacere dev'essere stato darmi una pacca sulla spalla appena dopo averne uccisa una! Chantal, che a quei tempi moriva lentamente. E tu, così infastidito, così in pena per il suo stato. Di cosa l'hai minacciata per farla tacere, di quali atrocità, perché altrimenti come spiegare questa tua omertà, Chantal? Perché quelle occhiaie, quella faccia da zombie? E io che non vedevo niente, che non capivo niente, mentre tu ti rallegravi ogni giorno di più, ammesso che sia possibile, perfino di fronte a Bretan, che forse si chiede cosa significhi quella sorta di sorriso a fior di labbra - rimorso? paura? - mentre stai solo morendo dal ridere cercando di immaginarti la mia faccia quando ho finalmente saputo. La mia faccia sconvolta qui, là, in quel bosco,

In cui tante volte, insieme
Tante volte.

Corro a rotta di collo, urlo, picchio contro i tronchi. Nessun conforto. Peggio. Una nausea che mi stronca come se, fin dall'inizio, tu l'avessi voluto questo caos, tu l'avessi pianificato, perché non può esserci uno così gentile. Questa rabbia che di nuovo mi assale quando ti rivedo regalare caramelle alle nipoti di Élisabeth. A quali porcate pensavi mentre loro tendevano verso di te le loro manine? A quali sordidi atti mentre io e Lisa, dalla nostra veranda, ti ringraziavamo facendoti un cenno, trovando così triste che tu non avessi potuto avere figli. È così triste, Dio mio! Élisabeth così dolce. Come hai potuto? Come hai osato? E tutte quelle povere ragazze... Con quali armi? Quali attrezzi? Quando? Che giorno esattamente? Devo tornare, chiamare Bretan. Devo demolirti, Guy, costringerti a dire tutto. Adesso corro. Corro verso la nostra casa evitando rovi e cespugli. Conservare questo groppo dentro di me. Attraversare il giardino senza prestare attenzione alla vostra biancheria appesa. Precipitarsi nell'ingresso con gli stivali pieni di terra. Spuntare in salotto, buttarmi sul televisore, spegnerlo davanti a Élisabeth che mi guarda, sgomenta. Ma qui è casa nostra. Dico queste parole con le lacrime agli occhi.

«Casa nostra!».

Lei abbassa gli occhi e qualcosa mi dice che sarebbe il momento giusto per prenderla tra le braccia, solo che la collera ha la meglio, devo chiamare Bretan.

«Cazzo, ma dov'è il telefono!».

La brucerò, la tua baracca, Guy. Insieme al capanno e alle tue cose. Come se il coglione che ero se ne stesse a non fare niente mentre tu sei lì tranquillo e ridi!

«Ride, capisci, Élisabeth? E fin dal primo giorno, e anche mentre le violentava, le distruggeva e si mangiava le tue torte!».

Lei cerca di sbarrarmi il passaggio. Troppo tardi. All'altro capo del telefono, Bretan fatica a seguirmi.

«Non capisco, Thierry. Chi vuole che le passi?»

«Guy, voglio parlargli».

«Impossibile»

«Cazzo, ma se le dico che voglio parlargli!»

«Thierry...»

«Non c'è Thierry, non c'è niente, niente, mi sente?».

No, non ho bevuto e no, non riaggancerà, non lo farà perché solo io so come farlo parlare, solo io, proprio così, e questo è il motivo per cui la chiamo, mi è venuto in mente in questo momento, sono stato lento a capirlo, glielo concedo, ma come non essere sconvolto da questo casino, anche lui in macchina, poco dopo essere stato al capanno con i suoi uomini, parlandomi della bellezza del bosco, e poi senza nessuna logica chiedendomi se avessifigli, uno solo avevo risposto, da un anno in una casa in Vietnam, e lui, come se avesse trovato la mia risposta perfettamente normale, facendo un tiro dalla sua sigaretta come se niente fosse, mentre sapeva tutto! Da perdere la testa, no? E lo sto minacciando per questo? Mia moglie adesso, come pietrificata in salotto di fronte a quelle cazzo di immagini che passano e ripassano di continuo, nessuno dovrebbe vedere una roba del genere, nessuno, e meno che mai le bambine.

«Quali bambine, Thierry?».

Ma le sue, Bretan, quelle che porta nel bosco, si è preso il tempo almeno di chiamarle per dire loro di non guardare, di non vedere! Roba del genere ti toglie ogni soffio di vita dentro, bastava vedere il sorriso della giornalista di stamattina, di sicuro ci ha passato la vita, ma come dove? Ma di fronte! Di fronte a queste mostruosità disgustose. La nostra povera cagna morta in quel modo, chissà perché il capo di mio figlio si è messo in testa di chiamare il suo cane nello stesso modo, e ora questo plotone di gente vestita di bianco nel loro giardino, come farò domani in fabbrica, perché non esiste la mutua per questa roba, di certo, il letame ci ha sconfitti, perché c'è perfino stato bisogno che fosse Nelly e non lei a farsi ammazzare, eh, perché Bretan? Ma ora è finita, glielo dica, ho deciso: se non parla né lei né nessun altro potrà impedirmi di fare quello che farò, saremo gente semplice io ed Élisabeth, saremo dei coglioni, ma questo non mi impedirà di dissotterrarla, la sua cagna.

«Quale cagna, Thierry?»

«Glielo dica, non la racconta giusta, la faccio a pezzi fino a farla urlare, la sua Nelly, perché si possono far urlare anche i morti, quando ci si accanisce contro di loro, glielo dica chiaro, Bretan, se tra un'ora non dice tutto, se non parla, la dissotterro e la taglio a pezzettini».

15.

Bretan mi vietò formalmente di mettere in atto la mia minaccia. Se avessi saputo dove si sarebbero potute trovare tracce di Dna. Io che ero appassionato di animaletti dovevo riuscire a capirlo. Dall'altro lato di questo nastro segnaletico ogni centimetro di terra nascondeva forse un'informazione capitale. Quindi era fuori questione che mi divertissi ad armeggiare con questo terreno.

«Pensi se distrugge delle prove, cosa dirò ai genitori?».

Genitori che, più che mai, per elaborare il lutto, hanno bisogno di sapere dove si trova il corpo della loro figlia e di sapere se, prima di essere violentata, è stata picchiata, torturata. Guy la sapeva lunga. Più di quaranta dei suoi uomini setacciavano i dintorni e gli erano stati dati quindici agenti per interrogare quelli che, da vicino o da lontano, erano entrati in contatto con la coppia. Ma ora dovevo dormire, lasciargli fare il suo lavoro, a meno che rileggendo il mio diario non mi venisse un'illuminazione, solo in questo caso mi avrebbe ascoltato. Probabilmente Guy non aveva raccontato tutto a Chantal. Forse c'erano altre vittime. Per tutte loro, ogni dettaglio contava. Quindi dovevo smettere di rimuginare e semmai dovevo apprezzare la fortuna di esserne uscito vivo. Certo, né io né Élisabeth avevamo visto niente, ma chi avrebbe potuto di fronte a un maniaco così? Stava per riagganciare. Tra meno di un'ora avrebbe dovuto affrontare le grida di una madre, di un padre, il loro silenzio. Molto peggio di quello di Guy. Con la vita addosso. Le risate dei suoi figli. La voglia di sua moglie di farsi bella. C'era una spiegazione per quel groviglio di respiro e di orrore? Giurava a se stesso di rifletterci, un giorno. Nell'immediato non aveva tempo e probabilmente non ne avrebbe avuto fino alla fine. Ecco. Mi aveva detto tutto, gli era servito. Domani avrei dovuto riprendere il mio lavoro e voltare pagina, insieme a mia moglie. Vivere in qualche modo. Era il suo consiglio. Senza dimenticare i dettagli, ovviamente. Tante volte ci fosse tornato in mente...

Ritrovo Élisabeth in lacrime in salotto. Se quel giorno non avesse varcato i venti metri che separano le nostre due case, se non li avesse invitati per un aperitivo, per non parlare dei dolci, dei dolci e dei corpi nel bosco, e anche le urla, i pezzi di braccia e di gambe sotterrati da qualche parte, ne è certa. La supplico di calmarsi. Lei mi sfida con lo sguardo. Sempre questo bisogno di proteggerla! Forse non sono al corrente, ma tutti hanno visto le immagini in televisione. Io che ho buttato fuori la giornalista, livida, nel portico. Mi brandisce il telefono sotto il naso.

«Trentasette messaggi! Trentasette, Thierry!».

Sua madre, le sue sorelle, Laszlo, il sindaco, la maggior parte dei suoi pazienti e anche gente che non conosce. Quindi non ha nessuna voglia di calmarsi e viste le dimensioni del disastro domani non andrà a lavorare. E io farei meglio a fare come lei. Ma di sicuro farò di testa mia. Mi innervosisco anch'io. Io ho diciassette messaggi sul telefono e quindi che differenza c'è?

«Non posso consentire che Guy esca vittorioso da questa storia, Lisa. Quindi sì, domani andrò al lavoro e per favore fai come me».

Mi guarda a lungo, poi mi volta le spalle mormorando che Delphine, la sua sorella maggiore, verrà a farle compagnia. Bisognerà muoversi. Recuperare tutto. L'amore al primo sguardo. L'odore del primo abbraccio. Rincorrere senza paura e fino in fondo la palla come da bambini. Stringerla tra le braccia. Farla danzare sopra la tristezza. Fino a farle tornare quel rosa alle guance che la rende così bella. Riuscire ad avere l'audacia che non parla di alcun passato, di alcun futuro, ma solo del luccicare dei fiori. Correre senza pensare più a niente. Distruggere la distanza tra le sue spalle e il mio volto. Dimenticare la frontiera dei nostri corpi, l'impotenza in cui mi fa sprofondare il suo smarrimento. Correre a capofitto con la leggerezza della gioventù. Staccarsi da ogni radice, da ogni storia, la sua, la mia e quella di tutti gli altri. Rompere con tutto ciò che sta intorno. E baciarla. E allora perché non lo fai? Come se più vivessi accanto a lei e più crescesse l'impossibilità di unirmi a lei.

Quando l'amo così tanto.

Steso sul letto, ascolto i miei messaggi. Due per essere esatti. Il primo di un certo Gauthier con cui ho lavorato più di dieci anni fa e «che non si capacita di quello che mi è successo», il secondo della farmacista del paese «che si chiede da quanto tempo quella stronza di Chantal lo sapeva». Gli altri li cancello senza nemmeno perdere tempo a sentirli. Mi infilo sotto le lenzuola e spengo la luce quando, improvvisamente, mi rialzo. I poliziotti avranno pensato a liberare gli insetti che Guy teneva in garage? Senza acqua né cibo moriranno di sicuro. Impossibile richiamare Bretan. La prenderebbe malissimo. Con che coraggio penso a quelle bestiole quando sono state uccise delle ragazzine? Mi giro e mi rigiro nel letto. Guy sarà sceso a liberarle al momento dell'assalto? Provava una tale passione per loro. Sì, mi sembra di vederlo che abbandona Chantal per andare a salvarle proprio nel momento in cui gli uomini dei servizi speciali entrano in casa sua. Era fatto così, Guy. E su questo, niente da dire. Nella stessa circostanza io avrei avuto un coraggio simile? Per loro, era capace di tutto. Era una delle cose che più mi piacevano di lui. Quell'amore illimitato per le bestie piccolissime.

16.

Le quattro del mattino. Mi lascio alle spalle il volto addormentato di Élisabeth, trangugio il mio caffè in cucina. Andarmene di qui il prima possibile, finirla con questo fetore. Appena fuori, uno dei poliziotti in servizio mi propone di aiutarmi ad aprire il mio garage. Lo ringrazio e gli rispondo che è tutto a posto. Poi metto in moto. Leggero, d'improvviso. Finalmente lascio il territorio ostile. Posso ridiventare quello che sono sempre stato, posso accendere la radio, sognare l'incredibile disegno dei capelli di Élisabeth sul cuscino, contemplare a perdita d'occhio la bellezza del cielo. Sto facendo i conti senza gli avvoltoi. Ombre feroci, moltiplicate dalla luce dei fari, che in fondo al vialetto si gettano su di me, scatenando telecamere e microfoni.

«La prego, Thierry, due parole per Real Tv sulla sua amicizia con Guy Delric!»

«Thierry, per Radio Jeunes, è vero che ha aiutato Delric a seppellire il suo cane?».

Sbattono addosso al vetro, circondano la macchina.

«Thierry, una parola per i genitori, una sola per favore!».

Parto con un colpo secco, pesto sull'acceleratore. Sorpresi, si spostano. Mentre, facendo stridere le gomme, raggiungo la provinciale, li sento rincorrermi urlando il mio nome. Poi il silenzio, finalmente. Il cielo, la strada e poi il bosco con la sua muraglia di alberi da cui può spuntare in ogni momento un animale. Il mese scorso un cinghiale che mi ha fatto inchiodare. Per almeno dieci secondi ci siamo guardati, lui in mezzo alla carreggiata, io in macchina, le ginocchia ancora tremanti. Ma adesso no. Nessun occhio a tormentarmi o giudicarmi. Solo l'asfalto a tutta velocità. La notte come un mantello.

Da bambino, sotto le coperte, era in un'oscurità simile che trovavo rifugio. Lì dentro era un po' come essere su questa strada in cui sembra che tutto sia stato inghiottito: mia moglie, gli sbirri, Jules, Marc, le nostre due case, i loro fiori, la ressa dei giornalisti, le loro risate quando giocavamo a carte.

Ingresso della fabbrica Force Injection Plastique. Digito il codice. L'enorme cancello scorre davanti a me. Aspetto che si fermi, entro, poi lo lascio lentamente richiudersi alle mie spalle. Ecco fatto. E che sollievo sentirmi protetto dall'esterno. Qui, nessuna intrusione possibile. Ho appena parcheggiato la mia macchina tra quelle, poco numerose, dei ragazzi del turno di notte che stanno per finire il servizio. A quell'ora ci sono solo loro lì.

Nel parcheggio la luna brilla. Digito un secondo codice, entro nell'androne dell'ingresso del personale che dà accesso agli spogliatoi, do un'occhiata al mio telefono. Ho quattro minuti per infilarmi le scarpe di sicurezza e la tuta da lavoro, prendere i guanti, il casco e il telefono aziendale da cui non devo più separarmi. Metto il cappotto e le scarpe da ginnastica nell'armadietto, lo chiudo a doppia mandata. Le quattro e mezzo. Vado verso l'orologio marcatempo, passo il mio tesserino. Qui tutti apprezzano il mio senso di esattezza. E anche la mia serietà. Appena varcate queste porte, ho in testa soltanto una cosa: il funzionamento di sedici presse a iniezione da quaranta a seicentodieci tonnellate.

A testa bassa, vado al piano di sopra sperando di non incontrare nessuno. Mi occorre qualche minuto prima di andare a salutare i tecnici. Una buona parte di loro mi avrà certamente riconosciuto in televisione. Nessuno in vista. Respiro. Entro nel mio ufficio. Leggo, tra le mail, il resoconto della squadra del giorno prima. Niente da segnalare, purtroppo. Per una volta, un lunedì, mi sarebbe piaciuto dover gestire una situazione di emergenza. Impossibile in quel caso essere sommerso dalle domande. Guardo a che punto siamo con i filtri, i livelli dell'olio, controllo gli scarichi da effettuare. Dorian arriva alle cinque. Mi resta un quarto d'ora per andare a prendere la temperatura dai tecnici, assicurarmi che per loro sia andato tutto bene stanotte. Prima che faccia due passi il mio telefono si mette a suonare. È Romain, il caposquadra. Gli eiettori di una delle presse non rispondono più. Sono costretti a bloccare la produzione.

«Vieni di corsa e ti arrangi come ti pare ma mi fai ripartire quella macchina. Se a quegli stronzi non gli consegno i loro diecimila tappi prima delle due annullano l'ordine!».

Con Romain è inutile cercare di rallentare o perdere tempo. Anche se nel mio piccolo ho avuto a che fare con un bel po' di nevrotici, Romain batte tutti i record. Fin dai primi giorni, di fronte a un'esagerazione del genere avevo deciso di tenere un profilo basso e probabilmente è quello che mi è valso il mio contratto a tempo indeterminato alla Force Plastique. Da quel momento in poi la mia calma non aveva avuto più il minimo effetto sul suo carattere, ma almeno, contrariamente a tutti gli altri che avevano sbattuto la porta, io avevo resistito ed ero rimasto.

«Cazzo, ma che stai facendo?»

«Arrivo. Cerco il mio carrello portattrezzi».

È così pesante. Fatico ad accelerare il passo. Dovrò pensare sul serio a motorizzarlo. Sotto lo sguardo esasperato di Romain, raggiungo finalmente la pressa da riavviare.

«Non ti hanno mai insegnato a correre?! Per quanto ne avrai ancora?»

«Prima di tutto devo capire il problema».

«Ma te lo devo dire in cinese? Se non facciamo in tempo ci licenziano tutti!»

«Faccio più veloce possibile, Romain».

Se ne va bestemmiando. Mi avvicino a Marek, che non la fa tanto lunga.

«Gli eiettori, non è colpa mia».

«Non ti preoccupare. Ora vai, ci penso io».

«Glielo dirai?»

«Sì, e muoviti o si rimette a urlare».

Troppo tardi. Romain piomba su di noi.

«Tu Marek sparisci, hai già fatto abbastanza casini, e tu, Thierry, smetti di perdere tempo perché non so se l'hai realizzato con la tua testolina di cazzo, ma se perdiamo questo ordine siamo nella merda fino al collo! Hai capito ora?»

«Ho capito. Ora puoi allontanarti, perché devo vedere cosa succede. Anzi, puoi chiedere a Dorian di venire da me, per favore?».

Lo vedo allontanarsi imprecando contro tutti quelli che incontra. Urlando. Ancora più di prima. Sotto il suo uragano di offese Guy mi esce di mente del tutto. E anche il sangue, il sangue delle ragazzine, il vuoto nello sguardo di Élisabeth, lo spavento che da quel momento non mi dà tregua. Ora devo dedicarmi alla macchina. Diventare un tutt'uno con lei. Quando da ragazzo sentivo mia madre sul punto di piangere o quando, con lo sguardo fisso, non rispondeva più alle mie domande, mi mettevo d'impegno a trovare qualcosa da riparare. Qualunque cosa purché mi assorbisse tanto da non sentire più il rumore lancinante del suo anello che batteva sul tavolo del salotto per ore, quello del clic dell'interruttore che accendeva e spegneva senza fine.

Vedo Dorian arrivare di corsa. Saprà di me? Non gli lascio il tempo di farmi la minima domanda.

«Fila a cercarmi lo schema di cablaggio del sistema pneumatico. Intanto io metto in sicurezza la zona».

Se ne va di corsa e io mi dedico al lavoro evitando di incrociare sguardi che potrebbero attardarsi su di me. Sono solo al mondo. Sulla superficie del globo non ci sono sopravvissuti, tranne Lisa che dorme laggiù. Lisa di cui vorrei sentire la pelle calda e umida. E anche il respiro. La regolarità del respiro.

«Thierry!?»

«Ma sei fuori di testa! Che ti prende di urlare così?».

Dorian, senza fiato, mi guarda, sconvolto.

«Beh... è che... ti ho chiamato tre volte e non rispondevi e quindi io...»

«Come tre volte?».

Arrossisce e capisco che ha detto la verità.

«L'hai trovato lo schema?»

«Sì, tieni».

«Perfetto, ora fila negli spogliatoi a chiedere a quelli della squadra di notte se hanno qualcosa da segnalare. Nell'attesa io comincio a dare un'occhiata alla pressa».

Non si muove, rimane a guardarmi senza rispondere niente.

«Sei sordo?»

«No, è solo che... l'assassino... insomma, voglio dire... il tuo vicino... per davvero lo conosci?».

Possibile che in fabbrica non ci sia uno che non ha guardato quella cazzo di televisione nel fine settimana? Eppure era bel tempo.

«Dorian, non è il momento!»

«Sì, scusa, ma è così...».

Così cosa? Uff, ha capito, se ne va. Da quando è morto Abdane non sopporto di avere qualcuno accanto. Eppure sono anni. Niente da fare, mi manca troppo. Mi avvicino al pannello di controllo, metto il selettore in modalità «manuale». Apro lo stampo, verifico che la spia «stampo aperto» si accenda. Tutto a posto da questo punto di vista. Premo il pulsante «eiezione» e niente. Comincio a verificare, sotto la macchina, se i tubi dell'aria compressa che alimentano i cilindri degli eiettori sono danneggiati o schiacciati. Se fossero rotti o forati lo saprei. A otto bar di pressione farebbero un baccano infernale. Ma è tutto a posto anche qui. Mi risollevo per verificare il circuito della bassa tensione quando un rombo mi fa sussultare. Volto la testa appena in tempo per evitare un transpallet che mi piomba addosso. Ma che è questo casino! Mi guardo intorno, allucinato, ho dimenticato di mettere in sicurezza un intero lato della mia zona di intervento. Dorian, che ha visto tutto, accorre.

«Ero sicuro che ti avesse colpito!».

Trentadue anni di manutenzione. Il più grossolano errore della mia carriera.

«Sei sicuro di stare bene, Thierry?».

Improvvisamente non mi sento più le forze.

«Non muoverti, finisco di mettere il nastro segnaletico e facciamo il lavoro insieme».

Che mi succede e perché Guy mi ha fatto questo? Sono uno a posto. Né io né Élisabeth ce lo meritavamo.

«... Ma hai trovato?».

Quando penso che l'ho quasi fatto licenziare la settimana scorsa. Questa volta, con il suo sorriso, mi ha salvato.

«Non ancora, no».

«Hai guardato dalla parte dei tubi?».

Questo modo di parlare che hanno come se fossero già padroni. È di sicuro la cosa che mi dà più fastidio nei giovani d'oggi. Ma stamani gli perdono tutto.

«Ho guardato, sì. Passami lo schema e chiudi la paratoia di alimentazione dell'aria. Dobbiamo testare il circuito 24 volt. Non ti dimenticare di poggiare il lucchetto».

«Ok!»

«Quando hai finito fammi segno e rimani davanti alla macchina. Io apro il distributore pneumatico».

Annuisce con un cenno della testa, alla fine solleva il pollice. Io comincio a smontare il cappuccio di protezione della prima bobina che comanda l'uscita degli eiettori, piazzo il mio voltimetro sui contatti.

«Ok, metti su eiettare».

«Fatto».

L'ago del voltimetro sale a 24 volt. Testo la seconda bobina. Idem.

«Che dice?»

«Non sono le bobine, è il distributore».

Per fortuna si tratta di un modello standard. Mentre Dorian va a cercarne uno in magazzino, rassicuro Romain. Entro una mezz'oretta sarà tutto a posto. Mi ringrazia a bocca stretta, poi comincia a parlarmi di Joël, in ritardo un'altra volta.

«Cazzo, anch'io ho divorziato!».

È la prima volta che lo sento confidarmi una cosa personale. Continua senza lasciarmi il tempo di reagire.

«E per il tuo vicino... non te la prendere troppo, dai...».

Lo guardo stupefatto.
«Non faccio altro che leggere romanzi polizieschi e quella gente, credimi, nessuno se ne accorge mai. Dai, come non detto, fai ripartire quella macchina ora».

17.

Dieci e mezzo del mattino. Finora non ho smesso di correre per evitare di discutere, ma ora c'è la pausa, non ho più scelta. In cammino verso la stanza del personale, guardo il telefono aziendale sperando che si metta a suonare.

Dorian, a distanza, mi osserva senza dire una parola. Da quando lavora con me, non mi è mai piaciuto più di quanto mi piaccia oggi.

Solo poco più di due metri da percorrere e poi sarà il bombardamento del reale. Spingo la porta. Entro. E come previsto sono lì, pupille avide. Perché perdio continuo ad andare avanti? Ci sono Julie, Stefan, Rodrigue, Pablo, Delphine, Franck, Bob, Farid, Clément, Saïda, Geneviève, Marc, Momo, Yanis, Pietr, Gilbert e anche Romain, ma lui mi volta le spalle, e mi piacerebbe quasi baciarlo per questo. Sopra di loro, il megaschermo tivvù è acceso sul canale Lci in cui sfilano, silenziose, immagini di uomini, donne e bambini sovraccarichi di sacchi e valigie che attraversano un fiume in mezzo alla giungla. Rifugiati la cui disperazione stamani mi colpisce al cuore, come se in quella piccola stanza pulita, di fronte a tutti loro, i miei colleghi - *i miei orchi*, mi verrebbe da dire - fossi uno di loro, di fronte alla telecamera. Chi parla per primo? Forse Delphine. Poi tutto precipita. L'esplosione delle domande. Il diluvio delle domande. No, non ho visto niente. Lo giuro. Alcuni mi danno una pacca sulla spalla mormorando, preoccupati, che mi compatiscono, altri si chiedono come ho potuto essere così cieco, mentre qui...

«Qui cosa?»

«Qui vedi tutto, Thierry, anche la minima scoreggia».

«Ma qui sono macchine, cazzo!».

Togliermi la tuta. Far partire la macchina. Filare dritto sulla strada che sprofonda nel bosco. Invece li guardo senza muovermi. Appena un metro ci separa eppure la distanza tra noi è immensa, come se allo stesso modo dei rifugiati, fossi soltanto una notizia per loro.

«Ehi, ragazzi, guardate un po', hanno ritrovato un corpo!».

Tutti alzano la testa verso lo schermo. Momo alza il volume. Un giornalista fuori di sé urla in un microfono che in effetti è stato ritrovato un corpo. Immagini rubate dal loro giardino. La telecamera danza, il mondo danza. Buco dietro la loro casa. Uomini in bianco chinati sopra. Tirano su qualcosa... «Un corpo, sì! È un corpo!» esclama, elettrizzato, il giornalista di nuovo inquadrato. Si riaggiusta l'auricolare. Fissa la camera. Assume un'aria seria.

«Il nostro collega purtroppo non ha potuto filmare di più. Tuttavia capirete la nostra emozione. Senza alcun dubbio si tratta di una delle vittime di Guy Delric e immaginiamo lo stato in cui devono trovarsi in questo stesso istante i genitori di...».

Quel buco... Non ascolto, non vedo più. Avevo trovato strano che Guy ne scavasse uno in quel punto. Per quale ragione? Lui aveva alzato le spalle e sorriso.

«Per l'allacciamento alle fogne».

«Ma cazzo, ma non te le hanno messe davanti?»

«Lo sai che quegli stronzi sono pronti a tutto per romperti i coglioni».

Sullo schermo il giornalista richiede la linea e di nuovo sfilano le stesse immagini, accompagnate questa volta dai suoi commenti, sulla taglia del corpo, sulla possibile identità della vittima, sulla passione del «mostro» e di sua moglie per i fiori e le piante. Nella piccola sala sono talmente presi che si sono dimenticati di me. Ne approfitto per eclissarmi. Ho bisogno di respirare.

Fuori, nel parcheggio, risplende il sole. Mi sono seduto per terra, contro la ruota della macchina. Alle mie spalle il canto di un merlo. Sette messaggi sul telefono. Ma è solo Élisabeth che vorrei sentire. Il timbro della sua voce. Compongo il suo numero, lascio squillare il suo telefono nel vuoto. Avrà deciso di andare al lavoro? Tento una seconda volta. Stesso squillare a vuoto. In fondo mi rassicura. Ha un carattere così energico. Le dieci e cinquanta. Più di dieci minuti prima di riprendere il lavoro. Faccio un respiro profondo, ascolto la segreteria. Bretan mi chiede se io o Élisabeth abbiamo trovato qualcosa nei diari. La farmacista invece non si capacita di aver venduto degli antidepressivi a quella «stronza». Quattro giornaliste mi supplicano di farmi intervistare. Alla fine mio fratello. Che ha visto. Che vorrebbe sapere come sto. Che mi dice che è un sacco di tempo.

Il resto della giornata passa veloce. Troppo veloce. In fabbrica tutti hanno capito che preferisco evitare l'argomento, godo di una sorta di pace. Ma non mi faccio certo ingannare per questo. Tutto quel sangue. La cosa è troppo invitante. Da domani torneranno alla carica. Avvoltoi, anche loro. Tutti noi.

18.

Li intravedo, dalla provinciale, ragazze e ragazzi di tutte le età ammassati lungo la strada, le macchine parcheggiate a caso sul ciglio. Alcuni corrono verso di me.

«Thierry, abbassi il vetro, una parola per Zapping Télé!»

«Thierry! Che cosa le piaceva di più di lui?»

«Per Actu Radio, è mai stato violento con lei?»

«E sua moglie, Chantal, come la trovava?».

In macchina ho improvvisamente freddo, come quando mia madre rimaneva per ore prostrata in salotto. In due stanno cercando di forzare la mia portiera.

«Thierry!».

Quella violenza sorda che monta dentro di me. Perché mi hai sorriso, Guy, quando ti ho chiesto del buco? Chantal ti ha aiutato a trascinare la tua vittima? Che giorno l'hai seppellita? Hai aspettato che fossimo assenti o hai trovato ancora più eccitante farlo sotto il nostro naso?

«Thierry, deve aver visto per forza qualcosa!».

Rimanere fermo sul mio unico obiettivo: arrivare a casa. La nostra casa. Ma è impossibile fare un metro in più. Fanno muro. Corpi. Barriera. Non cedere al panico. Guardarmi le mani. La bellezza delle mie mani sulla plastica nera del volante. Le idrometre danzano ancora sulla superficie dell'Aune? Chiudo gli occhi, premo con tutte le mie forze sul clacson. Uno di loro finirà per provare pietà? Dopo un tempo che mi sembra infinitamente lungo, finalmente spuntano due poliziotti. In un attimo li fanno spostare e il silenzio, di colpo, ritorna. Ho quasi voglia di scoppiare a ridere, forse di piangere. Uno dei poliziotti si avvicina e mi fa segno di abbassare il vetro.

«Sarebbe meglio che ci avvertisse in anticipo dei suoi spostamenti. Tenga, ecco il mio numero».

Stordito, prendo il biglietto che mi porge.

«Sicuro di stare bene?».

Vorrei chiedergli se ha visto il buco e se sa di quale vittima si tratta, se ha liberato gli insetti di Guy, se è mai stato in Vietnam, se gli sembra normale che mio figlio ci sia andato a lavorare.

«Signore?»

«La mia cagna si chiamava Jules. È morta due settimane fa».

Mi guarda, interdetto, propone che il suo collega mi accompagni fino all'inizio del vialetto. Declino educatamente. Allora stacca il nastro segnaletico e mi fa segno di andare. Passandogli davanti, penso mio malgrado alle porte dell'inferno. Più in basso, nel loro giardino, ora sono in più di dieci interamente vestiti di bianco. Dieci che mi guardano scendere lentamente lungo il vialetto. E come vorrei, in quell'istante, che fossero angeli venuti per la mia consolazione... Ecco la macchina di Élisabeth. Quindi non è andata? Faccio i gradini di corsa. Sentire il suo corpo. Stringerla a me. Dirle che l'amo. Che ci tirerò fuori da questo.

La televisione le illumina il volto in salotto. Non è vestita, è rimasta in vestaglia. Non si è pettinata. Ha i capelli arruffati. Mi avvicino un po' di più. Non si volta.

«Lisa?».

Non si muove.

«Lisa, sono io».

«Il lenzuolo, l'hai riconosciuto?».

Parla senza staccare gli occhi dal televisore.

«Quale lenzuolo?»

«Quello che hanno trovato intorno al corpo».

Non mi lascia il tempo di capire. Con voce spenta, lo sguardo sempre fisso sullo schermo, prosegue.

«Chantal mi aveva detto che l'aveva perso... Ci eravamo quasi prese a male parole per questo...».

I grandi fiori gialli, come ho potuto non riconoscerlo? Si volta finalmente verso di me, mi fissa, persa.

«Probabilmente la piccola l'ha violentata lì sopra...»

«Lisa, no, smettila».

È scossa da un singhiozzo.

«Sul nostro lenzuolo!».

La prendo tra le braccia. Lei cerca di liberarsi, glielo impedisco.

«Su, con calma».

Non si dibatte più.

«Tua sorella non è venuta?».

Scuote la testa, mormora un magma di frasi appena udibili in cui credo di capire che la nipote è malata. Non l'ho mai vista così.

«Non vuoi lavarti? Ti farebbe bene».

Ma tutto resiste in lei. Le parlo di giovedì scorso, quando dopo cena mi ha chiesto di aiutarla a tagliare le mele a rondelle per il suo dolce, della nostra passeggiata sotto le stelle.

«Era tre giorni fa, e andava tutto bene».

È scossa da una risata.

«Andava tutto bene?».

Non cedere ai risucchi furiosi che mi tirano verso il basso. Cancellare il buco, il lenzuolo, il mazzuolo, la zappa, il capanno, e tutte le tue schifezze, Guy. Ma lei continua a ridere squadrandomi quasi con cattiveria. La guardo, preso alla sprovvista.

«Beh sì... tutto andava bene, cosa...»

«Nostro figlio se ne va, la nostra cagna muore e tutto va bene!»

«Lisa...»

«La verità è che io fin dall'inizio non ne volevo sapere di questa casa!».

La guardo, esterrefatto.

«Ma insomma, ma cosa...».

Mi interrompe, fuori di sé.

«Sì, lo so, ora mi dirai del cane, che ero d'accordo, ma no, non ero d'accordo, ero solo sfinita! Perché tornavi sempre alla carica, perché non ne volevi sapere! E guarda ora! Guarda cosa è successo!».

Singhiozza, grosse lacrime le solcano le guance.
«Bretan mi ha chiamata... voleva sapere se ho riletto le mie agende...».
Un nuovo fiotto di lacrime.
«Non posso, Thierry, non ci riesco».
«E Marc?».
Finalmente il suo sguardo torna su di me.
«Marc cosa?».
Di un verde così splendente.
«L'hai avvertito?»
«No».
«Ti amo, Lisa».
Si mette di nuovo a piangere.
«Perché te ne sei andato stamattina?»
«Dobbiamo andare avanti, Lisa».
Mi fissa senza rispondermi niente, volta lentamente la testa verso la televisione dove parlano dello scioglimento dei ghiacciai. Le carezzo le guance.
«Perché non ti metti a dipingere?».
Solleva verso di me occhi pieni di tristezza.
«Dipingere, proprio tu mi dici una cosa del genere?»
«Ti fa bene, no?».
Scuote la testa, afflitta, mormora che ha bisogno di stare sola. La guardo sedersi sul divano, pietrificarsi di nuovo guardando lo schermo. Non riesco a trovare la forza di dirle di smettere. Eppure dovrei. Mi è così insopportabile vederla soffrire. È il mio unico tesoro sulla terra. Sono pronto a prendere tutto il suo dolore su di me.

Tutto il suo dolore.
Purché lei ne sia risparmiata.

Allora perché si rifiuta di affidarmelo? È solamente per colpa tua, Guy?

19.

In cucina, ingoio un avanzo di pasta evitando di guardare fuori. Dovremo comprare delle tende. Opacizzare i vetri delle macchine. Lavo il piatto, giro in tondo senza sapere cosa fare. Di solito, dopo il lavoro, sono io che mi stravacco davanti alla televisione. Non potendone più, le porto insalata e pane tostato.

«Dai, fai uno sforzo, sei sempre tu la prima a dire ai tuoi pazienti: non va bene lasciarsi andare così».

Niente, non si muove. Poggio il piatto davanti a lei sul tavolino.

«Né io né te potremo far tornare quelle ragazze».

La vedo trasalire, gli occhi sempre fissi sullo schermo.

«Dai, mangia».

Scuote la testa, inerte. M'inginocchio accanto a lei, le carezzo teneramente la mano.

«Ti stai facendo del male, Lisa».

Finalmente si volta verso di me, gli occhi pieni di lacrime.

«Lasciami in pace, per favore».

Sotto le loro campane di vetro, le mie due mantidi, il mio coleottero e le mie coccinelle si danno da fare, perfettamente indifferenti all'agitazione esterna. Uscendo dal salotto, sono sceso a vederli. «Lasciami in pace, per favore». Mi mordo la mano, sconvolto, mentre una delle coccinelle tenta l'ascensione di uno stelo. Si arrampica, si arrampica... e che importa se lo stelo si piega. Si arrampica, tenace. Cosa cercherà lassù? Quell'istante, forse, in cui lo stelo, schiacciato dal suo peso, finalmente si inclina. Dura solo una frazione di secondo. Trascinata dallo slancio, la coccinella si aggrappa nella discesa e, appena prima di raggiungere il suolo, prende il volo. Subito lo stelo riprende la sua posizione verticale. Sopra la coccinella vola, allegra.

«Sarà anche una vita breve, ma è una bella vita, no?».

Steso accanto a me, nell'erba alta, Guy annuiva con un bel sorriso. Eravamo partiti all'alba ed erano diverse ore che eravamo immobili, a pancia in giù, a osservare la vita formicolante. A volte ci passavamo una lente d'ingrandimento per vedere più da vicino una farfalla che apriva la sua tromba, un calabrone o un'ape selvatica bottinare un fiore. A volte stavamo lì deliziati in attesa di sentire gli stridori emessi da molti di loro, alcuni facendo vibrare le ali, altri frizionando le piccole zampe, altri ancora strusciando l'addome a terra. Sul suo quaderno Guy li disegnava, mentre io cercavo di afferrarne qualcuno per osservarlo meglio prima di liberarlo. Quando accadeva, Guy si avvicinava e li manipolava e li carezzava con incredibile delicatezza.

In seguito, ci eravamo divertiti a sorprendere un ragno crociato in mezzo alla tela imitando le vibrazioni di una mosca con l'aiuto di un diapason. Le risate che ci eravamo fatti di fronte al suo stupore. Tutto ci estasiava: i riflessi metallici color porpora, blu o dorati degli scarabei, le larve senza occhi né zampe dei sirfidi, il comportamento degli alticini che, grazie alla lunghezza delle loro zampe posteriori, riuscivano a spostarsi saltando, il temibile appetito dei bruchi. Ma ciò di cui ci piaceva di più essere testimoni erano i momenti della copula, di costruzione dell'habitat, della nidificazione, della predazione. Su quest'ultimo argomento Guy era inesauribile e ricordo la sua eccitazione quando vedemmo, quello stesso giorno, una vespa scavatrice piombare su un grillo due volte più grosso di lei, rovesciarlo sul dorso a calci, infilargli il suo dardo sotto il collo, dietro il protorace, all'inizio dell'addome.

«Lo sai Thierry, nemmeno il più abile criminale è capace di una tale precisione!».

L'avevo guardato, incredulo. Aveva continuato, ammirato.

«Forse ti è sembrato che colpisse a caso. Ti sbagli. A ogni colpo ha mirato a uno dei tre centri nervosi del grillo, e ogni volta ha colpito nel punto giusto. Pensa che intelligenza. Perché non è nemmeno morto. Solo paralizzato!»

«Sei sicuro?»

«Guarda le pulsazioni del suo addome».

Guardai più attentamente l'insetto. In effetti respirava ancora!

«Ma perché non l'ha ucciso?»

«Per nutrire le sue larve».

«Da vivo?»

«Da vivo, sì, perché possano nutrirsi di carne fresca nei quindici giorni che precedono il momento in cui si rinchiuderanno nel bozzolo».

«Cazzo, è orribile».

«No, Thierry, è proprio geniale!».

Mi ero voltato, a disagio, e avevamo cambiato argomento. Di fronte a quell'eccitazione morbosa, un'altra persona avrebbe cercato di saperne di più. Allo stesso tempo, Guy non era certo il solo ad amare i sistemi di predazione. Io no. Avversavo qualsiasi tipo di violenza, cosa che affascinava lui.

«Come sei fortunato, Thierry. Sei così puro».

Io sorridevo, infastidito, ribattevo che anche lui lo era quanto me, e lui rideva... Ma non devo più pensare a lui. Élisabeth annientata in salotto e io, di fronte a questa violenta ondata di ricordi, sto per mettermi a urlare. Risalire di sopra. Trovare il telefono. Chiamare mio fratello che non vedo da due anni e di cui non ho nemmeno riconosciuto la voce nel messaggio. Mio fratello più vecchio di me di dieci anni, che d'improvviso se n'era andato senza preavviso, lasciando mia madre ancora più inebetita nel dolore. Io, il bambino di dieci anni, incapace di ridarle la gioia di vivere. Che vagava per la casa vuota. Con la voglia di stringerla fino a farle uscire di bocca un suono, o magari una risata, la voglia di costringerla a fuggire più lontano possibile da quel luogo, ma soprattutto da loro, mio padre e mio fratello. Che lei non smetteva di attendere, dimenticandosi perfino di me. L'occhio incollato alla finestra. Come se fosse possibile che tornassero da lì. Dal cielo. Come se nella sua testa fossero diventati uccelli. Mentre non era così, io lo sapevo bene. Perché gli uccelli non fanno la guerra e non abbandonano il nido. Né piangono per una settimana di seguito, come a volte le accadeva, tanto da farmi pensare che un giorno avremmo finito per annegare entrambi nelle nostre lacrime.

Salgo di sopra ed è sempre lo stesso silenzio con rumore di televisione in sottofondo. Un rumore che parla del consumo eccessivo di sale legato, in gran parte, alla proliferazione di cibo industriale. In cucina l'orologio di Hanoi segna le cinque e mezzo del pomeriggio. Accendo il computer e cerco di nuovo di collegarmi con Marc, che si ostina a non rispondere. Lo fa apposta? Alla sua età io avevo tagliato i ponti da un bel po' di tempo con mio padre. Ce l'avevo così tanto con lui per aver lasciato la mamma così sola. Ma Marc invece?

«Papà, papà, abbiamo vinto! Abbiamo vinto!».

Aveva appena compiuto nove anni, tornava dal calcio, il corpo macchiato di fango. Così fiero. E con Jules, su cui cercava di montare a cavalcioni nonostante i suoi guaiti di protesta. Cosa resta oggi di tutto questo?

Mio malgrado, do un'occhiata alla finestra. Il filo del bucato è scomparso e restano in piedi soltanto una decina di fiori. Quando penso a tutte le ore che gli ha dedicato Chantal. Uno scricchiolio mi fa sussultare. È Élisabeth, con l'aria disfatta, sulla soglia della porta.

«Il corpo avvolto nel nostro lenzuolo era quello della piccola Violine. Aveva quindici anni, era in seconda e sognava di lavorare nell'alta moda...».

Ogni parola le pesa. Cerco di interromperla. Mi fa segno che ha bisogno di arrivare fino in fondo.

«È quella che è scomparsa il 23 aprile scorso. Due mesi fa, Thierry. Due mesi! Tornava dalla cena di compleanno della sua migliore amica e secondo quando ha dichiarato Chantal...»

«Lisa, per favore».

«Stai zitto, è già abbastanza difficile...».

Non voglio sentire niente di quell'orrore. Invece lei si ostina come se fosse necessario per me conoscere ogni dettaglio.

«Guy l'avrebbe violentata in camera loro, poi l'avrebbe uccisa fracassandole la testa con una sedia. E appena prima di seppellirla le ha infilato le mutandine in bocca...»

«Basta, Lisa!».

Non mi guarda più. Non mi ascolta più. E io immagino la scena: la sedia alzata, lo spavento della ragazza. Immediatamente ritorna in me la collera. Ma cosa farne? Di questo ruggito che se esce annienterà tutto? Quando riprendo fiato, Élisabeth è scomparsa. Vado a cercare il diario in camera. Leggerlo, ecco cosa farò. Ma solo le pagine che coincidono con le date delle scomparse. Ha ragione Bretan. Il minimo indizio può essere utile e se posso dare una mano a far fuori quel figlio di puttana! Volto le pagine di corsa. Il 18 giugno 2017, ossia il giorno dopo la scomparsa della piccola Selima: *Stanotte ho dormito male. Dei versi di animali mi hanno svegliato. Ho aperto le finestre cercando di capire da dove provenivano. La luna era nascosta. Non vedevo niente. Ho chiesto se c'era qualcuno.*

«Non ti preoccupare, è Nelly che si è ferita alla zampa ed è scappata come una scema».

«Niente di grave spero».

«No, Thierry, scusa per il disturbo».

Guy si serviva della sua cagna per sorvegliare le sue vittime? C'era stata una lotta, quella notte, tra lei e la ragazza? E se Nelly si fosse impaurita vedendo il padrone aggredire quella bambina? Se avesse cercato di mettersi in mezzo? Il giorno dopo, mi ricordo, aveva una stecca e zoppicava in giardino.

«E insomma, cosa le è successo?»

«Vuole sempre fare di testa sua. Deve aver preso un sasso mentre rincorreva una lepre o non so cosa. È tornata piena di sangue».

«Forse dovresti portarla dal veterinario».

«Aspetto un paio di giorni, se zoppica ancora ci vado».

Senza perdere tempo prendo il telefono e do l'informazione a Bretan, evitando rigorosamente di parlargli della storia del lenzuolo. Non vorrei che cominciasse a sospettare di noi...

«Grazie, Thierry».

«E quindi?»

«E quindi cosa?»

«Avete trovato altri corpi nel loro giardino?»

«Le ho già detto che non posso darle neanche la minima informazione».

«Crede che non li veda i buchi che fate?»

«Thierry, per favore, un po' di pazienza».

«Pazienza? Sa cosa mi costa rileggere quel diario? E i suoi sbirri, nell'attesa, non sono nemmeno capaci di proteggermi da quegli idioti quando esco di casa!»

«Sistemeremo tutto».

«Ah, sì? Ne è sicuro? È che non ha visto la faccia di mia moglie. Uno zombie! Quanto durerà ancora quest'incubo?»

«Thierry...»

«Cazzo, è seduta da stamattina davanti alla televisione. Non si è nemmeno lavata o vestita o pettinata! E lassù i rapaci che aspettano. E ora i buchi, buchi dappertutto!»

«Thierry, non posso restare troppo al telefono. Dormo due ore per notte, e ho ancora una mole di lavoro. Continuate a leggere i diari entrambi. Con quello che vi sta piovendo addosso ne avete un gran bisogno, e visto quello che mi dice di sua moglie, direi che è urgente farlo. Le faccio mandare il contatto di uno specialista di choc post-traumatici».

Riaggancia e torna il silenzio. Quando finirà? Più passano i giorni, più la notte cresce. C'è una sola fine possibile per questo genere di storia?

20.

All'inizio la franchezza nello sguardo dell'uomo di fronte a noi mi rassicura, quel qualcosa, anche nella sua postura, di stabile, di certo. Con la stessa perspicacia di un Bretan, ma con molta più morbidezza, ci scruta a lungo prima di riprendere la parola.

«Se capisco bene, la signora ha accettato di vedermi solo a condizione che lei l'accompagni».

Confermo con un cenno della testa. Si volta verso di me.

«Ma lei cosa pensa di questo percorso? È d'accordo a partecipare?»

«Cosa intende per partecipare?»

«Parlare di cosa vi accade. Perché...».

Sulla sua sedia, Élisabeth si irrigidisce.

«Vuole il tuo consenso, non è complicato, ti pare?».

Questa aggressività in lei. Riuscirà almeno a far cessare questo?

«Signore?»

«Beh, non lo so. Per me il modo di uscirne è continuare, costi quel che costi, ad avere una vita normale, alzarmi, vestirmi, andare al lavoro... Non andare da uno psicologo... Ma Lisa invece...».

Lei m'interrompe di nuovo.

«Lisa sta male. E chiunque, visto cosa sta succedendo...».

Lei guarda lo psicologo, improvvisamente si mette a piangere rumorosamente.

«Gli scivola tutto addosso, a lui! Io non ce la faccio più a reggere per entrambi! Non lo voglio più fare!».

Lo psicologo le porge un fazzoletto. Si asciuga le lacrime, si soffia il naso. Io la guardo stupefatto.

«Tutto mi scivola addosso?».

Lei scuote la testa, rabbiosa.

«Lo so cosa pensi. Sei gentile, sei attento. Ma non ci sei, Thierry!».

È la mia Lisa che sta parlando? Sto per rispondere, lei si volta verso lo psicologo, il viso bagnato di lacrime.

«Le assicuro, non c'è!».

Mi si gela il sangue.

«Ma cos'è questo processo alle intenzioni? Non sono certo stato io a uccidere quelle ragazze! E poi da dove salta fuori questa storia che non ci sono?».

Finalmente mi guarda... Come vorrei abbracciarla, trovare le parole per farla ridere, ma di nuovo quella rabbia che non le conosco.

«Quando Marc se n'è andato. Silenzio radio. Mentre io non smettevo di piangere. E lo stesso quando è morta Jules».

«Ma non è...»

«Con il piccolo le giornate erano piene, e poi il lavoro ha riempito i tempi morti. E anche la pittura. Ma ora, con quello che sta succedendo, non è più possibile e basta».

«Che cosa non è più possibile?».

Quella benevolenza nella sua voce. E io, in tutto questo? Come se fosse normale quello che ha appena detto. Come se fosse la verità. Ma né lui né Élisabeth sembrano vedermi più. Lui ripete la sua domanda prolungando lo sguardo in quello di lei.

«Che cosa non è più possibile, Élisabeth?».

Lei si contorce sulla sedia, si asciuga goffamente un nuovo fiotto di lacrime, fissa per qualche secondo il quadro attaccato alla parete, dietro di lei. Ci amiamo così tanto, perché non glielo dice?

«In piscina, due anni fa, con Chantal... Eravamo sedute sul bordo a guardare i bambini giocare. Di colpo mi ha preso il braccio e mi ha detto che aveva qualcosa da confidarmi».

Io la guardo di nuovo, incredulo. Non mi ha mai parlato di questa storia. Ricomincia, a testa bassa.

«Ma poi, proprio in quell'istante, un bambino di appena tre anni è caduto in acqua davanti a noi. Mi sono tuffata immediatamente, è ovvio. Lei no. E quando sono tornata a sedermi accanto a lei, ha evitato il discorso dicendomi che non aveva più voglia di parlarne, che a pensarci bene non era così grave...».

Un lungo silenzio. Élisabeth sta così male, soffoca.

«Se non ci fosse stato quel bambino, forse avrei potuto... Io...».

Non reggendo più, avvicino la mano al suo viso.

«Lisa...».

Ma per l'ennesima volta lei mi respinge. Se almeno mi lasciasse fare. Non avrebbe più bisogno della televisione. E nemmeno di quell'uomo. Saremmo noi due, mano nella mano, a passeggio, laggiù. E con un po' di buona volontà, il mondo tornerebbe limpido.

Lui le porge di nuovo la sua scatola di fazzoletti.

«Élisabeth, ha fatto bene a salvare quel bambino. Se fosse morto niente le dice che Chantal le avrebbe rivelato tutto in quel momento».

Silenzio. Riprende, sempre con la stessa dolcezza.

«Piange spesso?»

«Continuamente».

«Allora forse converrebbe farsi aiutare, in un primo momento, dalle medicine. Il suo corpo è abusato da questo torrente di informazioni. Il risultato è che si trova sull'orlo di una crisi di nervi. Non farebbe bene a nessuno».

Lei lo guarda, smarrita.

«Medicine?»

«Sì, antidepressivi. Di solito io sono piuttosto contrario, ma visto il suo stato, le consiglierei di farseli prescrivere da uno psichiatra. Certo, potrà proseguire questo lavoro con me. Ma potrà essere efficace solo quando avrà ripreso il controllo. Adesso l'emozione è troppo forte per poter riuscire in qualcosa...».

Quindi non sono pazzo. Lisa è in stato di choc. Non è in sé in tutto quello che dice.

«Ecco il nome di alcune persone che le raccomando. Le chiamerà, vero?».

Lei mormora un «sì» appena udibile. Lui le fa un bel sorriso.

«Non si preoccupi, ne uscirà».

Come una bambina presa in castagna, lei scuote timidamente la testa.

«E ora le chiedo di lasciarmi solo qualche minuto con suo marito».

Mi guarda esterrefatta. Io lo sono quanto lei.

«Non sarà una cosa lunga».

Si alza, fragile. Come vorrei aiutarla a portare la borsa, a mettersi la giacca. Sparisce. La guardo, teso.

«Stia tranquillo, voglio solo essere sicuro che le torni tutto».

«Io... non pensavo che Lisa reagisse così. Di solito è così forte».

«Anche per lei, è forte?».

La sua domanda mi prende alla sprovvista.

«Beh... Sì. È forte per tutti, Lisa».

«E lei?»

«Io, come le ho detto, mi muovo alla giornata».

«Come va al lavoro?»

«Faccio il possibile».

«E con gli altri?»

«Sa, io con gli altri...»

«Sì?»

«Preferisco non mescolarmi troppo».

«Ma con Guy eravate amici, no?».

Bretan gli avrebbe chiesto di sondarmi, più in là? Eppure il suo sguardo era tranquillo.

«Senta, non voglio torturarla, è solo per capire in

che modo la sta vivendo. Le capita di piangere, per esempio?»

«No, non piango mai».

«Mai, nemmeno quando era piccolo?»

«Sì, ma era molto tempo fa...»

«Ma allora, quando succede un dramma come questo, come lo sopporta?».

Cazzo, ma come fa quando va tutto a rotoli?

«Ha il diritto di non rispondermi».

Perfetto. Ha capito. Posso alzarmi, chiedergli quanto gli devo e sarà finita. Ma qualcosa lo assilla. Me ne accorgo dal modo in cui mi guarda.

«Un'ultima cosa...»

«Sì?»

«Prima, quando sua moglie ha detto che tutto le scivolava addosso, che lei non c'era...».

Tronco il discorso.

«Si sarà accorto che non era in sé».

«Quindi lei non è d'accordo?».

E io che pensavo che avesse capito ogni cosa!

«Non so nemmeno perché lo abbia detto. Come se tutta questa storia mi lasciasse indifferente. Chiunque sarebbe in uno stato pietoso, no?».

Non annuisce nemmeno, prosegue, molto concentrato.

«Forse voleva dire che lei mostra soltanto minimamente le sue emozioni, che le tiene per sé, dentro...».

Rispondere prima possibile.

«Me le tengo dentro, sì, si potrebbe dire che le cose stanno così».

Mi guarda di nuovo intensamente. Occhi di un nero

profondo, insieme allegri come erano quelli di Abdane, e tristi e luminosi.

«Le dà fastidio continuare?».

Cosa mi prende di rispondere no quando vorrei solo andarmene? Forse è il modo in cui mi si rivolge? Il calore del timbro della sua voce? La quiete che emana dal suo corpo? Qui, l'onda non arriva. Ruota su se stessa, si spezza morbida.

«Cosa ha sentito dentro in questi ultimi giorni?».

Di nuovo quel nero nei suoi occhi. Un buio in cui tutto diventa leggero, distante. Quasi come quello che c'era sotto le mie coperte.

«Come l'ho vissuta?»

«Sì».

Vorrei improvvisamente parlargli dell'onda, del nastro segnaletico nel vento e della zappa, degli uomini in bianco (così bianchi!), quasi degli angeli, a quattro zampe anche lì dove noi giocavamo a carte insieme, e poi dei buchi sempre più numerosi, della mosca sul tavolo proprio prima che...

«Thierry?».

Risalgo lentamente in superficie. Incrocio il suo sorriso.

«Posso chiamarla per nome?».

Gli faccio cenno di sì.

«Lasci che la aiuti. I sogni, per esempio...».

Questi sì, posso raccontarglieli senza che mi prenda per pazzo. Perché dell'onda nemmeno Élisabeth ne vuole sentir parlare, e lo stesso vale per Bretan. Eppure si è sollevata davvero. Portandosi via tutto.

«Avrebbe voglia di raccontarmi l'ultimo che ha fatto?»

«L'ultimo?»

«Sì, il suo ultimo sogno, Thierry».

«Volentieri, ma è lungo e non ha molto a che fare con quello che è successo».

«La ascolto».

«È un sogno su Enrico VIII. Nel mio sogno è molto giovane e gli è stato appena rubato il trono da un usurpatore. All'inizio del sogno è di fronte alla facciata di Notre-Dame. Dalla facciata ci sono solo due entrate possibili, una grande e una piccola, non mi chieda perché, nel sogno è così, e lui, Enrico VIII, spinge la piccola porta dietro cui si trova una taverna. In effetti l'usurpatore lo ha sfidato. Se riuscirà a sconfiggere i clienti di quella bisca, lui è pronto a cedergli il posto e potrà essere consacrato re. Appena mette piede lì dentro, i clienti lo attaccano subito. Enrico VIII manda a gambe all'aria i primi due assalitori, poi fa una specie di capriola per schivare il terzo quando, con un gesto risoluto, ferma gli altri. Allora si impadronisce di un grosso grappolo d'uva, porta il tralcio alla bocca e, come un soffiatore di vetro, si mette a soffiarci dentro trasformandolo in una lampada. Con l'ammirazione di tutti, i chicchi si ingrandiscono e si illuminano. Il giovane Enrico approfitta di quel momento di calma per avanzare tra loro. Al passaggio, accarezza la guancia di una donna molto giovane che ha un neonato stretto al petto. Poi si mette a ballare in modo molto flessuoso e abile. Nella taverna sono di nuovo tutti soggiogati. Intanto una donna prega davanti a un altare della Vergine. Scoprendola, tutti pensano con emozione al gesto di Enrico VIII verso la povera madre. Poi lo scenario cambia. Mi ritrovo sul palcoscenico di un teatro vuoto. Sulla parete di fondo scorrono le immagini di un film: quello di un treno pieno che corre a tutta velocità. Dentro vedo gente ammucchiata, compressa. Mi ritrovo di nuovo nella taverna. Enrico VIII ha smesso di ballare. All'ordine dell'usurpatore, tutti si buttano addosso a lui. Lo stendono su un tavolo, gli aprono le braccia, gli legano i polsi per tagliargli la testa. Tutto è illuminato dalle candele. Ma appena prima che il boia lo uccida, l'usurpatore, accecato dal suo imminente trionfo, vuole mostrarsi magnanimo chiedendo se qualcuno nella sala vuole la grazia per il condannato. Allora si alza un pollice, poi un altro, e poco dopo tutti! L'usurpatore è sconfitto. Enrico VIII è graziato».

Di fronte a me, lo psicologo lascia cadere un lungo silenzio prima di scrutarmi di nuovo.

«È assolutamente certo che si trattasse di Enrico VIII?»

«Sì, e sono il primo a esserne stupito, perché io con la storia...».

Un nuovo silenzio.

«E com'è stato per lei sapere che si salvava?»

«Beh, ero felice per lui, ovviamente».

Continua a fissarmi.

«Conosce la vita di questo re?»

«Non proprio, o magari l'ho dimenticata».

«È noto soprattutto per aver fatto giustiziare alcune delle sue mogli. La leggenda popolare ama perfino dire che le ha assassinate tutte, ma non è la verità. Però è quello che pensano tutti».

Vuoto.

«Un re sanguinario, in qualche modo...».

Sotto il suo tavolo, le mie ginocchia si mettono a tremare. Riprende con la sua voce dolce.

«Thierry, ha il diritto di dirlo».

Lo guardo, sperso. Dire cosa?

«Da qualche parte, dentro di lei, le piacerebbe che Guy fosse graziato, non è così?».

Montante nella pancia.

«Thierry...?».

Qualcosa di simile a una diga che esplode. E poi quelle parole. Quelle semplici parole che rimontano senza però riuscire a uscire. Quelle parole cariche di mille lacrime e che occupano ogni spazio. Sono così solo, per favore, faccia che possa ridiventare il mio amico.

21.

È solo dopo aver richiuso la porta di casa che Élisabeth apre finalmente la bocca per dirmi che non dorme più. Che le dispiace. Che non sa più cosa pensare. Che io non posso farci niente. Che sì, chiamerà uno di quegli psichiatri e gli chiederà di prescriverle dei medicinali. E che però preferisce essere seguita da una donna. Non che quello psicologo le sia dispiaciuto. A dire il vero, non lo sa. Nella sua testa si è confuso tutto. Non le interessa più niente. Adesso per esempio deve fare uno sforzo considerevole per non mettersi a piangere davanti a me. Non smette di pensare a quella conversazione abortita con Chantal. A quel bambino caduto in acqua. Perché in quel preciso momento? A tutti i fiori. A quelli del nostro lenzuolo. All'odio di Guy nell'istante in cui ci ha arrotolato quella povera bambina dentro. All'odio dei giornalisti e di alcuni anonimi che, nei messaggi che lasciano, non si trattengono dal coprirla di insulti. A volte le piacerebbe ritrovare Jules. Sentire il peso della terra che la schiaccia.

Tutte quelle urla nella testa. Non può più fare un passo senza sentirle. Ha ragione quello psicologo, deve prendere degli antidepressivi il prima possibile. Non riesce nemmeno a chiamare in aiuto le sue sorelle. Ha paura del loro sguardo su di sé. Si chiede come faccio a farcela. Ogni tanto ce l'ha con me per la mia forza. Altre volte pensa che sia una fortuna e si aggrappa a me come a una boa. Ma una boa persa in pieno oceano. Una boa che non serve a niente, quindi. Si alza, va a letto, si chiede perché è ancora viva. In fondo avrebbe trovato più semplice che Guy la uccidesse e che uccidesse anche me. Non avrebbe dovuto avere a che fare con tutto questo male. Ecco, la parola è stata detta. Non avrebbe mai pensato di dovercisi mischiare così intimamente un giorno. Eppure si è schierata in difesa di innumerevoli cose atroci commesse nel mondo. Sono perfino comparse nei suoi incubi. Lo stesso vale per i suoi pazienti. Ma adesso è una cosa diversa.

«È tutto bloccato».

Ripete questa parola, gli occhi persi nel vuoto, nello stesso modo. Un modo quasi demente.

«Bloccato».

China la testa e io penso che stia per aprirsi i bottoni della giacca. Ma no. Rimane così. La testa china. Lo sguardo fisso a terra. E non oso alcun gesto perché mi ha chiesto di non toccarla. Poi, di nuovo, il diluvio di parole. Il sangue delle ragazzine che vede dappertutto. E quando non è il loro sangue, sono i loro occhi spaventati. Occhi grandi come il suo corpo. Il suo corpo che non ha visto. Che non ha sentito. Il suo corpo che ha coperto.

Ecco, la seconda parola è detta. Che ha coperto l'orrore come la voce dei presentatori copre le immagini dei massacri in televisione, o alla radio, le urla dei vecchietti che gridano in camera loro, e lei che credeva di essere empatica. Che lo pensava davvero. Anche l'aria che inspira la disgusta. Non riesce più a mangiare, a guardarsi allo specchio. Ecco, dice. Ancora una volta, vorrei trovare le parole per consolarla. Ma sono così disorientato dal colloquio con lo psicologo.

«Mi dispiace, Thierry».

Sconfitto, la vedo salire gli scalini e sparire in camera nostra.

Al lavoro resto il più possibile a distanza. Nonostante questo, non passa giorno che uno di loro, con l'aria mortificata, non mi si avvicini negli spogliatoi, in sala macchine, nel parcheggio: «Sinceramente non mi piacerebbe essere al posto tuo. Dev'essere veramente dura». E più va avanti, meno lo sopporto, come se dentro di me mi aspettassi tutt'altro, forse l'inizio di una risposta che però, giorno dopo giorno, si diluisce nella loro pietà. Quindi trovare una via d'uscita. Una qualunque. Quella che mi riporterà Élisabeth e la nostra vita. Tutta la nostra vita. Senza, finirò per crepare in questa cripta di maleodorante carità.

A qualche metro, Dorian mi osserva, dubbioso. Con me, negli ultimi tempi, risparmia le parole, e gliene sono grato. I giorni passano mentre a casa Élisabeth, imbottita di tranquillanti, dorme. Mentre torno a casa prego dentro di me di ritrovarla in forma migliore e che tutto si sistemi. Ma in fondo al vialetto ci sono sempre più buchi. Sempre più uomini vestiti di bianco. Sempre più giornalisti e sempre più televisioni. Come se ci fossero solo loro a illuminare il mondo.

Una mattina però trovo Lisa vestita in cucina. Mi sento subito euforico. Ci siamo, sta meglio, le medicine hanno fatto effetto. Le rivolgo il mio sorriso migliore. Lei distoglie appena lo sguardo.

«Me ne vado».

Quella morbida speranza in me.

«Torni al lavoro?»

«No, Thierry, lascio questa casa».

La guardo, a bocca aperta.

«Ho sistemato tutto con mia sorella. Vado a vivere da lei».

Il mio cuore si ferma.

«A vivere?»

«Ho bisogno di allontanarmi da tutto questo, Thierry».

Non riesco a muovermi.

«E... io?»

«Se vuoi puoi venire a trovarmi ogni tanto».

Sta scherzando, non è possibile. Non se n'è mai andata.

«Per quanto tempo?»

«Non lo so».

I miei occhi, il mio corpo, tutto si slabbra.

«No, non puoi lasciarmi così».

«Thierry, morirò se resto qui».

Si volta. La seguo con lo sguardo. Perso. Afferra la valigia. Esce. Dalla soglia della porta la sento mettere in moto la macchina. Guardo le cime delle montagne. Le supplico di farla tornare. La sua macchina entra nel vialetto e scompare. Allora non so cosa mi prende, m'inginocchio e mi metto a urlare. Nel giardino accanto tutti si fermano.

Tutti
Nel giardino accanto
Tra i morti e le tenebre.

22.

Da quando se n'è andata, vago in una specie di nebbia. Colpo di fortuna, al lavoro nessuna pressa si è fermata, Romain mi lascia in pace. Ne approfitto per riesaminare il magazzino, fare un approfondito bilancio di ogni macchina. Per venti volte Dorian mi salva la faccia perché scelgo la pinza sbagliata o sbaglio istruzioni o ancora dimentico le informazioni che mi ha dato uno dei tecnici. In alcuni momenti va talmente tutto a rotoli che devo sedermi per riprendere fiato. Quando il malessere perdura, vado a sciacquarmi il viso nel bagnetto. A ogni zampillo di acqua gelida mi sembra di risvegliarmi da un lungo incubo. Poi apro la porta. E l'incubo ritorna.

Alla pausa tento ogni volta di chiamare Élisabeth. A volte lascio suonare anche cinquanta volte, poi riattacco e ricomincio. Nei corridoi ormai è già tanto se i ragazzi hanno il coraggio di salutarmi e, se mi capita di entrare nella stanza del personale per prendere un caffè, tutti si allontanano subito e la televisione, come per magia, si spegne.

Di ritorno a casa, salgo gli scalini, con il cuore in subbuglio. Sarà finalmente tornata? Mi aprirà la porta? Poi niente. O piuttosto sì. Briciole di pane sul divano vuoto. Un piatto sporco sul davanzale della finestra. Il dolore della sua assenza, da quanti giorni ormai?

Una sera, Marc si degna finalmente di rispondermi. Quel silenzio lungo quasi dieci giorni!

«Ma dai, papà, erano giorni che ve ne parlavo, di questo trekking!».

Senza lasciarmi il tempo di innervosirmi di più, mi chiede se è vera questa storia di Guy. Ha sentito la notizia su Rfi. Confermo in un mormorio.

«Cazzo, è veramente una roba assurda. Sembravano così simpatici».

Poi, senza aspettare la mia reazione, cambia di nuovo argomento e si mette a parlarmi di questa gita in cui ha visto degli elefanti selvatici.

«E anche una tribù! Con delle vecchie che andavano in giro con i seni rugosi all'aria».

A più riprese, cerco di riportarlo su Guy. Ho un tale bisogno di dirgli che sua madre se n'è andata. E anche che mi manca. La nostra vita così semplice a tre. E ora il nastro segnaletico di fronte. Giallo oro come un incenso di cadavere. La nostra putrefazione, di entrambi. La mia, qui, a strapparmi la pelle dalle dita. Quella di sua madre, laggiù, a cercare di cancellare tutto della nostra vita. Una sua parola. Solo una per parlargli di quel diario che rileggo e in cui racconto la fattoria di mio nonno.

Delle mie estati lì, della certezza che allora avevo di diventare prima o poi un contadino come lui. E poi la sua morte così improvvisa. La mia solitudine in questa casa oggi. La mia voglia, tre, quattro, cinque volte al giorno, di uscire di corsa, di attraversare il loro giardino, di suonare alla loro porta per chiedere a Guy di darmi una mano. Nel quadratino del suo schermo, Marc non vede la mia angoscia.

«Tu e la mamma dovete firmare la petizione per la foresta. È importante. A questo ritmo sparirà in meno di cinque anni».

Quella sua allegria. Quella leggerezza mentre tutto in me e in sua madre sta andando a rotoli...

Non so nemmeno più cosa gli ho risposto. Credo di aver tagliato corto chiudendo il computer.

Più tardi, di notte, sono risceso in cucina. Di fronte allo schermo spento mi sono messo a raccontargli il modo in cui mio nonno Raymond dava dei colpetti al barometro, all'alba, e poi usciva lanciando un'occhiata al massiccio di Sancy. Se era coperto di bruma era buon segno. Avremmo portato le mucche al pascolo e ci saremmo messi a falciare. Poi spostavamo gli animali verso le sorgenti e tornavamo a pranzo. E che delizia allora. Quando arrivava il calore del pomeriggio era come toccare l'appassimento delle cose. Rivoltavo l'erba con l'aiuto di un grosso rastrello di legno. E come mi piaceva... Richiudo lo schermo con un colpo secco. E noi, cazzo? È felice, almeno? Guadagna abbastanza? Abdane rideva quando protestavo per il destino. Fin dai primi giorni con lui ogni tentativo di tenerlo a distanza era miseramente fallito. Come se ogni volta scoprisse quei miei tentativi divertito. È probabilmente la cosa che mi ha più disorientato in lui. Quel modo di non voler capire. E anche di non offendersi mai. Di volere bene senza mai attendersi dagli altri la minima approvazione. Tenere il muso non mi serviva a niente. Sul suo viso spuntava sempre il sorriso, a volte con una parola buona, a volte con uno scherzo, una bottiglia. E questo con chiunque. Padrone o operaio. Di quel passo, avrei dovuto prenderlo velocemente di malocchio. Con mia grande sorpresa, era successo il contrario. Non so per quale magia, ma a forza di ignorare così apertamente le mie barriere, alla fine si erano volatilizzate. È così che una mattina mi sono ritrovato ad aspettarlo. Aveva almeno dieci minuti di ritardo e morivo di preoccupazione. Non era da lui. Cosa poteva essergli accaduto? Picchiettavo per terra con il piede quando improvvisamente è apparso. E in quel momento è stato come se tutto si aprisse dentro di me. Lui se n'è accorto. Gli ho fatto un superbo sorriso. E poi siamo diventati inseparabili. Abdane aveva solo semplicità e bontà. Aveva anche un fantastico senso dell'umorismo. E quell'arte con cui riparava le macchine. Il primo giorno, guardandolo lavorare, sono rimasto senza parole. Diceva loro parole dolci, gli raccontava le barzellette, il tutto con gesti di una precisione e di una grazia ineguagliabili. Cosa mi avrebbe detto oggi? Come avrebbe reagito? Una cosa è certa, si sarebbe proposto di dormire da noi, e «di farci da mangiare». E probabilmente avrebbe trovato le parole per farci ridere. Le parole inattese. Le parole terribili. Le uniche capaci di tirarci fuori da quell'orrore.

Quella notte ho sognato di nuovo. In un corridoio, camminavo lungo un'immensa scaffalatura piena zeppa di vecchie bambole. C'era un forte odore di polvere. In fondo, illuminato da una porta a vetro, un uomo in camice stava fermo in piedi. Avvicinandomi scoprivo, stupefatto, che si trattava di Guy.

«E allora? Che ci fai qui? Ti sei messo a vendere bambole, adesso?»

«Questo è un museo, ma posso anche venderle, sì. Quali le interessano?»

«Ma insomma, Guy, sono io, Thierry! Non fare finta di non riconoscermi».

Mi guarda, perplesso, e penso che stia scherzando, quando improvvisamente alla mia sinistra vedo che una bambola inizia a muoversi.

«Ma è viva?».

Lui scuote la testa, col sorriso sulle labbra. Io indietreggio, sgomento.

«Ma insomma, com'è possibile? Come hai fatto?».

Mi guarda dritto negli occhi.

«L'ho mangiata e l'ho risputata».

Scuoto la testa senza capire. Lui si mette a ridere come un idiota.

«L'ho mangiata! Mangiata! Mangiata! Mangiata!!!».

Mi risveglio di soprassalto, cerco con la mano il corpo di Élisabeth. Non c'è. Mi alzo senza riuscire a riaddormentarmi, vago per le stanze della casa. All'alba, finisco per accendere la televisione. Vengo a sapere dal telegiornale che hanno trovato un secondo corpo, quello della giovane Margarita, diciannove anni, studentessa di chimica organica, scomparsa tre anni fa, il 21 maggio 2016, mentre stava andando a trovare sua nonna. Il «mostro» l'avrebbe sequestrata nel suo capanno, poi nella cantina della sua casa, per violentarla ripetutamente prima di ucciderla soffocandola. Le sue ossa sono state trovate nel giardino. Cinque pubblicità. Ritorno sul giornalista che ha promesso un altro scoop. Con la voce tremante, racconta in che modo Chantal, la moglie del «mostro», portava dei dolci alle piccole vittime. «Dei dolci che cucinava lei stessa». Buio nella mente. Rispuntano le domande di Bretan. «Un dolce per quanti? Che quantità di zucchero?». Chiudo gli occhi, conto e riconto fino a dieci. Non so perché. Forse per far passare l'orrore, per dimenticare gli avanzi che spesso, troppo spesso, ci portava. E che noi mangiavamo... Inspiro di nuovo quando, d'improvviso, sento un rumore di vetri rotti in cucina. Corro e scopro, allucinato, un ragazzo con la mano insanguinata che mi guarda. Senza lasciarmi il tempo di interrogarlo, mi mostra il suo tesserino di giornalista. Scongiurandomi di parlare. Promettendomi una bella somma. Perché è sicuro che «so delle cose». Mi chiede, affannoso, se ho un po' d'acqua per la ferita. Mi assicura che non devo preoccuparmi: il suo giornale pagherà ovviamente i danni del vetro. Non rifletto più. Lo prendo per il colletto e lo sbatto al muro.

«Il prossimo che varca la porta di questa casa lo faccio a pezzi, capito?».

Il sangue sulla sua mano. Tutto il mio corpo trema.

«Sparisci ora».

Cosa che fa. Lasciando la porta spalancata. Allora

chiamo Bretan. Lo chiamo fuori di me, urlando che uno stronzo si è introdotto in casa nostra, che mia moglie è scappata, che dei dolci cucinati da Chantal ne abbiamo mangiati a decine, e anche pasticcini, alla vaniglia, alla fragola, alle noci, al cioccolato, gli posso dare le ricette se vuole, e anche dirgli i trucchetti per farli restare morbidi dopo la cottura! E che non si azzardi a consolarmi dicendomi che abbiamo avuto fortuna a uscirne vivi, e nemmeno confessandomi che non ci sono vere e proprie risposte con gente come Guy, perché senza risposte una storia come questa è semplicemente impossibile, quindi deve per forza averne una, e non solo una di quelle gentili pacche sulle spalle, non solo quello, né sogni su quello stronzo di Enrico VIII, perché allora nella vita non vale più niente, nemmeno i figli che porta nel bosco, e nemmeno la mia lunga camminata laggiù, su quella fottuta spiaggia in cui l'onda ha distrutto tutto, gli dico, finché non mi dirà perché tutto questo è accaduto.

23.

Ho aggiunto una serratura alla porta del garage e a quella del mio laboratorio. Sbarro le finestre della cucina con un grosso scotch nero.

Nel frattempo, Bretan mi ha richiamato per annunciarmi che altri due poliziotti saranno assegnati alla sorveglianza della nostra casa. Non una parola sul mio messaggio delirante. Lo ringrazio con un sussurro, gli chiedo se davvero Guy rinchiudeva le sue vittime nella cantina e nel capanno.

«In televisione raccontano un mucchio di stronzate...»

«Purtroppo è vero, Thierry».

Niente. Non mi sarà risparmiato niente. Fisso il legno del tavolo, inspiro profondamente.

«Per quanto tempo le teneva rinchiuse?»

«Difficile dirlo».

Quell'imbarazzo nella sua voce. Sono a un passo dall'abdicare. Il nemico si dimostra così temibile. Non ne verrò mai a capo.

«Thierry?».

È una lotta senza esclusione di colpi. Una lotta nel fango in una notte così fredda.

«Non abbiamo sentito niente. Nemmeno un urlo. Niente».

«Aveva pensato a tutto. Aveva fatto insonorizzare la cantina».

«E il capanno?»

«Nel capanno ce le ha portate quando non c'era nessuno».

«Ma forse non...»

«Thierry...»

«Una volta mi ha chiesto di aspettare fuori, per... non farmi vedere il casino».

«Si ricorda quando è stato?»

«Non ricordo, è tutto confuso... Crede che lo avrebbe fatto?»

«Per ora non ho abbastanza elementi, e le ripeto...».

Lo so, non ha il diritto di darmi nessuna informazione. Eppure...

«Quando contate di andarvene lei e i suoi uomini? Mia moglie non tornerà fino a quel momento. E io, tutto solo qui...».

Purtroppo non è in grado di darmi una data precisa. Tutti i giorni i suoi agenti scoprono nuovi elementi. E le analisi richiedono tempo. Molto tempo.

«Se fossi in lei, farei come sua moglie, me ne andrei via».

Via, ma via dove? E poi, per quanto tempo e da chi? Ci si vedrebbe lui a vivere in casa d'altri? No, questa è casa mia. Gliel'ho già detto. E non se ne parla che oltre ad aver fatto tutto ciò che ha fatto quel porco mi sbatta fuori.

«In ogni modo, le mie cognate abitano troppo lontano. Se vado da loro, addio lavoro».

Allora parla di andare in vacanza. Esito tra riattaccargli in faccia o buttare via il telefono. Guardo il muro, mi chiedo quanto forte dovrei lanciarlo per farlo fracassare.

«Thierry, mi sono espresso male. So benissimo che di tutto ha voglia fuorché di andare a prendere il sole. Suggerivo soltanto di prendere un po' di distanza. Potrebbe affittare una baita per esempio».

Una baita. Come se l'aria di montagna potesse farmi dimenticare tutto.

«Sono stanco, Thierry, non so cosa dirle, mi chiamano, devo andare».

Riaggancia senza permettermi di chiedergli notizie dei suoi figli. Che tipo di storie gli legge, la sera, quando torna a casa?

Vengo a sapere dalla televisione che Anne-Cécile, l'ultima vittima di Guy, è uscita dall'ospedale. Secondo gli psichiatri che sfilano davanti alle telecamere, le ci vorrà un bel po' di tempo per riprendersi. Poi parlano di alcuni manifestanti che sabato scorso hanno bloccato lo svincolo a quattro chilometri da P. In primo piano, una madre di famiglia deplora di essersi ritrovata ferma per un'ora nell'ingorgo. Cambio canale, finisco su una pubblicità che vanta i meriti di una barretta di cioccolato, su una seconda e una terza che fanno l'elogio di uno yogurt e di una banca. Tutte le mie dolci parole d'amore. Come ha potuto dire allo psicologo che io non c'e-ro? Mi alzo, cerco una volta ancora di chiamarla, senza successo. Per ogni evenienza, provo con il numero di sua sorella Delphine, che per miracolo risponde. Però quando le chiedo di passarmi Lisa mi dice imbarazzata che ha bisogno di stare sola. Esplodo. Sono trent'anni perdio che facciamo tutto insieme, la spesa, le vacanze, i fine settimana e d'improvviso questo silenzio, nel momento peggiore! Come devo prenderla? E come posso farcela?

«Thierry, forse non te ne sei reso conto, ma è un po' che Lisa non sta bene...»

«Di cosa parli?»

«Senti, è difficile dirti una cosa del genere, ma anche prima che succedesse questa storia aveva già deciso di passare un po' di tempo da me».

Mi crolla il terreno sotto i piedi.

«Ma perché te l'aveva chiesto?»

«Per respirare. Per vederci chiaro».

«Io... non capisco...»

«Senti...»

«Per via delle sue ore di straordinario, vero?»

«Le ore di straordinario, ma anche molte altre cose che fanno sì che abbia bisogno di riprendere il filo, capisci?».

Riprendere il filo! La sa, almeno, la storia dei dolci di Chantal, delle figlie incatenate nella cantina di Guy, dei buchi che pullulano dappertutto? Come si può avere voglia di riprendere il filo in mezzo a una tale infezione? A meno che non cerchi di nascondermi la verità. Chiudo gli occhi, fermo il respiro.

«Ha conosciuto qualcuno?»

«No...»

«E allora? Io l'amo! Ho bisogno di lei».

«Senti, ha bisogno di tempo».

«Tempo per cosa?»

«Devo attaccare. Un bacio, Thierry».

Per dieci volte di seguito cerco di richiamare. Sempre lo stesso squillare che si scontra contro il vuoto. Allora la collera sale. Salgo le scale quattro gradini per volta, spalanco la porta del suo studio, abbraccio le sue tele con lo sguardo. È per colpa loro, ne sono certo. Avrei dovuto mentirle. Dirle che mi turbavano. Quella furiosa voglia che mi assale di buttarle dalla finestra. E non solo loro. I tubetti, i cavalletti, gli stracci, i pennelli. Non butterà certo via trent'anni di vita insieme per questo! Le ho mai chiesto di amare la pesca o le mie passeggiate lungo l'Aune? Non è riuscita a venderne nemmeno una. Per forza! Rido nello studio di mia moglie. Fragorosamente, rido, urlo nello studio della mia amata. Prendo un pennello. Lo spezzo in due. Nello studio, il suo «antro» che vorrei distruggere, ora, fare a pezzi. Tra le tele di colei per cui il mio cuore batte ogni secondo. E per cui, senza esitare, darei la vita. Quindi perché se n'è andata?

«Perché?»

«Si sieda».

«Non le ho fatto niente. Niente!»

«Parla troppo in fretta. Non riesco a seguirla. Si sieda e mi dica cosa è successo».

«Mi chiede cosa è successo? Lo sanno tutti cosa

è successo! E noi li abbiamo conosciuti, li abbiamo abbracciati!»

«Senta, chiunque sarebbe nel suo stato e capisco la sua rabbia, ma...»

«La prego, mi dica perché se n'è andata».

«Lei stessa glielo ha detto. Aveva bisogno di allontanarsi».

«Lasciandomi solo?»

«Di fronte a un grande choc ognuno produce il proprio sistema di difesa, e a volte anche ai danni di chi ama».

«Ma sua sorella dice che era già da prima... Voglio dire... Quest'idea di andarsene... Ho una tale paura che mi lasci!»

«Paura?»

«Paura, sì, muoio di paura».

«E perché?»

«Perché? Ma perché l'amo!»

«No, ma voglio dire, perché questa paura?»

«Non lo so. Senza di lei... io... niente sarebbe più possibile».

«Che cosa non sarebbe più possibile, Thierry?»

«Ma la vita, ogni cosa».

«E perché? Perché senza di lei non sarebbe più possibile?»

«Ma perché l'amo».

«Niente le impedisce di continuare ad amarla».

«Sì, ma per amarla bisogna che ci sia. Ho bisogno della sua presenza!»

«Eccoci. Ha bisogno della sua presenza».

Lo guardo, incredulo.

«Beh, sì. È normale, no?».

Schiva la mia domanda, pianta di nuovo i suoi grandi occhi neri dentro i miei.

«C'è stato un momento nella sua vita in cui la presenza di qualcuno le è terribilmente mancata?».

Perché questa immagine che ritorna fuori? Perché questa tra le mille altre che ho dentro di me? Mia madre, girata dall'altra parte, il corpo leggermente chino in avanti, e io, che età? Sei anni, otto anni? Le ginocchia piegate sul mio letto, che la supplico di venire a consolarmi. Ma è come se non mi sentisse, come se non mi vedesse. Allora mi metto a singhiozzare. Lei continua a non muoversi. Quante notti a implorarla? Con quella paura che non smette di crescere nella mia mente di bambino. Quella paura che mi sussurra che forse lei è morta. Oppure io. Io, il bambino che lei non vede più e non sente più e il cui fantasma erra in questa casa. Sì, sono io che sono morto. Forse.

24.

Sono appena arrivato in fabbrica quando Valérie, la direttrice delle risorse umane, mi intercetta.

«Puoi venire un attimo? Ho bisogno di parlarti. Ho avvisato Romain, è tutto a posto».

Sono al primo piano, perplesso, sto ricostruendo tutte le stronzate che ho fatto senza trovarne una così grave da giustificare una tale urgenza. Vuole chiedermi di Guy? La farmacista di P. mi ha lasciato più di quindici messaggi e, per colpa sua, il sindaco, la sua segretaria, la direttrice del minimarket, e una folla di giornalisti che mi promettono tutti mari e monti e meraviglie in cambio di una «esclusiva». Ma perché Valérie avrebbe aspettato tutto questo tempo per parlarmene?

Con quell'aria insieme disponibile e frettolosa che la caratterizza, mi apre la porta del suo ufficio e mi fa segno di sedermi. Mi annuncerà uno dei suoi fottuti piani di ristrutturazione con epurazione annessa? Quando mi ha intercettato all'uscita degli spogliatoi, non mi ha nemmeno lasciato il tempo di dare un'occhiata alle mail. Cosa penseranno i ragazzi della produzione non vedendomi arrivare? Senza sorridermi, si siede di fronte a me, rigida.

«Andrò dritta al punto, Thierry. Dorian se n'è andato».

Immenso sollievo mischiato con una sincera sorpresa.

«Che è successo?».

Le si contrae leggermente la mascella. Non saprei dire se è nervosa o infastidita.

«Non ne poteva più».

La guardo senza capire.

«Eppure il lavoro non era così duro».

Mi scruta per qualche secondo, come se cercasse di valutare il livello della mia sincerità. Scuoto la testa.

«Davvero, Valérie, non capisco».

Fa un sospiro e mi pare di vederci la stessa esasperazione di Élisabeth prima che mi annunciasse la sua intenzione di «cambiare aria».

«Non ne poteva più di te».

La guardo, esterrefatto.

«Di me».

Ha un gesto d'impazienza.

«Sì, di te. Non sei uno facile, Thierry...»

«Ma perché dici così? Che gli ho fatto a quel ragazzo?»

«È il terzo apprendista che molla. Il terzo, Thierry».

«Aspetta un attimo, l'ultimo faceva di tutto».

«Forse quello sì, ma il piccolo Francis, e ora Dorian?»

«Francis mi capitava di riprenderlo. Ma che potevo fare? Nel nostro mestiere non si può sbagliare...»

«Aspetta, per Francis il problema non era che lo riprendevi, e nemmeno per Dorian...»

«E allora cosa?».

Si innervosisce.

«Te l'ho appena detto. Sei complicato, Thierry. E infatti i ragazzi mollano uno dopo l'altro».

Ma insomma cazzo, cos'hanno tutti da accanirsi così?

«A Dorian ho insegnato tutto».

«Renditi conto, Thierry. Non ci sono solo Dorian e Francis. Tutti si sono rotti, qui».

Spalanco gli occhi. Rotti? È per via di Guy, giusto? Per la ragazza morta nel suo capanno? Per i dolci di Chantal? Per il nostro lenzuolo giallo? Di fronte alla mia aria persa, si addolcisce.

«Senti, lo sappiamo tutti che stai passando un periodo difficile, ma non è da ieri che le cose vanno così. Dorian stava per andarsene fin dalla prima settimana».

«Mi sono sempre preso il tempo di spiegargli tutto e non sono mai stato ingiusto con lui».

«Non è questo, Thierry. E comunque qui nessuno ha niente da dire sul modo in cui lavori. È solo che...».

Tutti questi misteri. Perdo la pazienza anch'io.

«Che?»

«Che non sei socievole. È come se non ti interessassero gli altri. Come se... tu non li vedessi nemmeno».

Accuso il colpo. Mi viene da pensare che lei e Lisa si siano messe d'accordo.

«Non è vero».

«Ma è la sensazione che dai, Thierry».

Sulla spiaggia disseminata di rovine, la sabbia diventa rovente.

«Quella formazione che ti è stata proposta per aiutare lo staff a individuare meglio i problemi. Perché hai rifiutato di seguirla?»

«Non è roba per me».

«E allora perché abbiamo pensato a te? Credi che non conosciamo il nostro mestiere?»

«Non intendevo questo».

Quanto durerà ancora questo tormento? E nemmeno l'ombra di un riposo in vista.

«E questo non è che un dettaglio tra gli altri, Thierry».

Evitare i corpi. Evitare i buchi. Aprirsi un varco sotto le coperte, costi quel che costi... Rialzo la testa, la fisso, determinato a difendermi.

«Questo non mi ha mai impedito di schierarmi con i ragazzi».

«Sì, è vero».

«E allora perché si sono rotti? E perché continui a rompermi i coglioni con queste stronzate di gruppi del cazzo?».

Ho quasi urlato. E poi tutta questa sabbia che brucia. E tutti che mi abbandonano, Dorian, Lisa, Guy, Marc, Abdane e perfino mio fratello quando avevo solo nove anni, mio fratello che non la smette di lasciarmi messaggi e che io non richiamo. Anche lei ora mi sta fissando.

«Non stiamo parlando di gruppi del cazzo, ma di legami, Thierry. Quando una macchina si ferma, te lo concedo, sei presente e ti occupi del tecnico. Ma appena tocca al collettivo, non c'è più nessuno. Non ti unisci mai ai momenti sociali, non partecipi alle proteste sindacali...».

Mi sfugge una risatina.

«Lo dici proprio te?»

«Sì, lo dico proprio io. Anche le manifestazioni, sembra che non ti interessino».

«E allora? Se non ho voglia di immischiarmi in queste cose sarà un mio diritto, o no?»

«Forse, ma dai l'impressione di startene in disparte. E alla lunga le cose peggiorano».

Il suo corpo leggermente inclinato come quello di mia madre e forse anche quello di Chantal quel famoso giorno in cui l'ho incontrata sulla riva dell'Aune. Il loro sguardo, di entrambe, sull'orlo del baratro.

«Thierry?».

Quell'emozione che risale. Cagna. Rialzo la testa, la fisso, rabbioso.

«Non me ne sto in disparte».

«Gli altri pensano di sì».

Resistere. Resistere a ogni costo. Ma la sua voce è così calda.

«Thierry, guardami...».

È qui che vorrei stendermi. Dentro questa voce che mi guarda. E allora perché mi volto?

«Gli altri sono ben contenti quando mi faccio vivo per aiutarli!».

Ma lei tiene duro. Non molla.

«È proprio perché ti apprezzano che vorrebbero averti più vicino».

Avere vicino. Parole che fanno uno strano percorso nel mio corpo.

«E perché?».

Spalanca gli occhi.

«Perché? Mi chiedi questo? Perché la gente ha voglia di avere vicino le persone che ama?».

Mi sento improvvisamente così stanco.

«Ascolta, Thierry, non è la Valérie direttrice delle risorse umane che ti parla, ma Valérie e basta. So che quando c'è un problema per i ragazzi ci sei. Ma dentro di te? I tuoi problemi? Perché ti tieni tutto dentro? Perché non condividi mai niente?».

Sulla spiaggia il sole mi acceca. Dove sono finiti i corpi? E perché questo nodo in gola?

«A Dorian per sette giorni non hai rivolto parola».

«...»

«Dovevi vederlo ieri. Era da raccattare col cucchiaino. Non se lo meritava, Thierry».

«...»

«Beh, ecco cosa ti propongo. Prenditi quindici giorni di pausa e uniscili alle tue tre settimane di ferie».

«Ma no...»

«Sì, Thierry. Ne hai bisogno. E anche tutti gli altri».

«Valérie, ti prego».

«Non mi costringere ad alzare i toni. Prenditi tempo per te, riflettici, e quando torni facciamo il punto».

25.

Ho ottenuto di finire la mia giornata di lavoro. Sono passato a controllare le macchine, ho annunciato ai tecnici che non ci sarei stato per cinque settimane. Nessuno mi ha fatto domande. La maggior parte mi ha augurato buona fortuna e di «rimettermi presto». Poi ho chiamato i responsabili della seconda squadra per organizzare un programma. E anche qui nessuna domanda. Al massimo un silenzio imbarazzato accompagnato da un «a presto». Alla pausa, sono andato a rifugiarmi in macchina. Ho alzato al massimo il volume della radio. Poi ho sistemato il mio ufficio e me ne sono andato senza salutare nessuno. Appena prima della curva i giornalisti mi hanno assalito, subito raggiunti da quattro poliziotti che in qualche modo sono riusciti ad allontanarli. Ma uno è riuscito a sfuggirgli e a darmi una botta al vetro.

«Se non parli vuol dire che hai qualcosa da nascondere, stronzo!».

Sul momento esito a uscire per spaccargli la faccia.

La violenza mi ripugna. Guy mi ammirava per questo e improvvisamente rimpiango di non avergli parlato delle porcate che mio padre aveva commesso durante la guerra, in Indocina e in Algeria. Porcate di cui non parlava mai, ma che potevo quasi palpare quando si avvicinava. Come se, dentro di lui, gridassero ancora. E invece erano sempre storie di eroi, medaglie, amicizia, onore. Che effetto gli avrebbe fatto, a Guy, sentirmi parlare di questo? La visione della familiare di Élisabeth parcheggiata davanti alla casa mi strappa brutalmente dai miei pensieri. Esco di corsa dalla macchina, salutando appena i due poliziotti di guardia davanti alla scala, salgo i gradini in tromba. Ma di fronte alla porta mi ricompongo. Inutile precipitarsi, e ancor di più spaventarla. Quindi non devo precipitarmi. Dimenticare l'onda, smettere di camminare su questa spiaggia. Entrare con passo tranquillo come se si trattasse di un giorno normale con il profumo dei fiori di Chantal lì accanto, quello del loro bucato pulito e magari addirittura il rumore del loro tosaerba. Incontrarla con il sorriso quieto di chi torna a casa. In questa casa che ha visto crescere Marc, il nostro unico figlio, la nostra cagna, e dove non abbiamo mai smesso di amarci.

Attraverso il corridoio, la scopro seduta in cucina. Dal modo in cui sta, le braccia incrociate sul tavolo, capisco che mi aspetta da un po' e devo farmi una violenza per non lanciarmi verso di lei. Nella pallida luce del tardo pomeriggio, Dio quanto la trovo bella. All'inizio le sorrido. Eppure tutto è così fragile. Per niente al mondo vorrei provocare la fine della sua apparizione. Mi è così mancata. Decido di stare zitto per averla più a lungo possibile con me. Lei, la mia Lisa, i cui tratti hanno ritrovato un po' di luce e che contempla, pensierosa, le grosse strisce di scotch nero alle finestre. Ma niente. Non dirò niente finché lei non avrà parlato per prima. I suoi occhi finalmente tornano a me o piuttosto al mio volto, che osservano a lungo. Trattengo il respiro.

«Sei stato tu a rompere il vetro?»

«No, è stato un giornalista che ha cercato di entrare».

Qualcosa si serra dentro di lei.

«Non preoccuparti. Ora ci sono due poliziotti che sorvegliano la casa. Non succederà più».

Scuote dolcemente la testa, sempre molto pensierosa. Indico i bicchieri.

«Hai sete?».

Mi fa segno di no, carezza la tovaglia con un dito.

«Come va il lavoro?».

Soprattutto non allarmarla. Rischierebbe di cambiare idea.

«Non è semplice, ma me la cavo».

Non ho il coraggio di chiederle se lei ha deciso di riprendere. Ogni parola è così carica di senso. Nel corridoio non ho visto la sua valigia, ma probabilmente l'ha lasciata in macchina. Si solleva un ciuffo, guarda di nuovo le strisce di scotch, poi, dietro la vetrata, i lavori in terrazza che si sono fermati.

«Mi dispiace tanto, Thierry».

Il mio cuore salta.

«Ti amo, Lisa».

Quella tristezza nel suo sguardo.

«Devo dirti una cosa importante».

Non oso più fare un gesto.

«Ho avuto tutto il tempo di riflettere e, credimi, ho affrontato la questione da tutti i punti di vista».

Ho un movimento di sorpresa.

«Per favore, lasciami finire. Non so nemmeno come fare a dirtelo. Ho così paura della tua reazione».

Paura? Prende un grande respiro.

«Voglio che vendiamo la casa, Thierry».

Ho sentito bene? Prosegue sullo slancio.

«Non voglio più vivere qui. Anche tornarci per qualche minuto mi costa uno sforzo sovrumano. Tutto mi fa pensare a loro. Vendiamo, Thierry. Andiamocene di qui».

Lo choc è tale che non so più nemmeno come raccogliere le idee.

«Ma... insomma, Lisa. È la nostra casa. I nostri ricordi».

«Lo so».

Vacillo.

«Tra un mese se ne saranno andati tutti, te lo assicuro».

«E cosa credi? Che non ci penseremo più?».

Trovare una risposta qualunque, tutto piuttosto che acconsentire a quella follia.

«Pianterò un bambù. Non si vedrà più niente».

Comincia a ridere in modo brutale.

«Bambù! Non credo che tu abbia capito. Anche se decidessero di raderla al suolo, la loro casa, ci penserò ogni volta che guarderò da quella finestra!».

Parare, contrastare ogni colpo.

«Lo dici adesso».

«No, Thierry, sono venuti qui. Ogni stanza, ogni mobile mi fa pensare a loro».

«Finiremo per dimenticare».

«Thierry, ti supplico, ascoltami, vendiamo!».

E io che pensavo che sarebbe tornata!

«Come puoi chiedermi una cosa simile? Ho fatto tutto, qui!»

«Ricostruiremo altrove».

Sembra così determinata. Il pavimento si sfalda sotto i miei piedi.

«E la terrazza?»

«Ne rifarai un'altra».

Mi accanisco per davvero.

«E Marc?»

«Marc è a diecimila chilometri. Vendiamo e andiamocene, Thierry. Lontano da qui!»

«Ma, il mio lavoro? E il tuo? Sei completamente impazzita o cosa?»

«Lo sapevo che avresti reagito così».

«Lisa, parli di buttare all'aria tutto quello che abbiamo costruito!»

«Non mi ascolti. Io non posso restare qui».

«Lo psicologo l'ha detto, sei in stato di choc. Non sai nemmeno quello che dici».

«Non sono sotto choc! Non voglio più stare qui!»

«E se io non fossi d'accordo?».

Si mette a urlare. Fin dall'inizio aveva sentito che qualcosa stonava in questa casa. Solo che come al solito io avevo fatto di testa mia, arrivando addirittura a prenderla in giro quando mi aveva raccontato che la gente del posto la considerava maledetta.

«Era trent'anni fa, Lisa, e leggende come queste ce ne sono dappertutto».

«No, non ce ne sono dappertutto. E comunque sono sicura che era piaciuta a Guy, che è il motivo che l'ha spinto a comprarla. Tra carnefici ci si riconosce!»

«Tra... carnefici?»

«Se ti preoccupassi di interessarti alla gente l'avresti sentita questa storia! All'inizio del secolo sembra che abbiano trovato le spoglie di tre ragazzine in questa fattoria. Tre ragazzine, ti dice qualcosa?».

Parla con gli occhi fuori dalle orbite, trema, non la riconosco più, e Guy, nella sua cella, ride come un pazzo. Ma nessuno di voi avrà la mia pelle. Sono il bambino che fa solenne giuramento sotto le coperte spesse. La mia guerra sarà questa. Una guerra silenziosa, fatta interamente di muri. E nella quale niente avrà più peso né consistenza. E dove sparirò e dove sparisco, mi senti Lisa mia? Mi si avvicina, più agitata che mai.

«E durante la Seconda guerra mondiale è il posto che dei partigiani dell'ultima ora avevano scelto per torturare a morte i miliziani che acciuffavano».

Si mette a piangere.

«Non voglio più vivere qui!».

Impedire il crollo, costi quel che costi.

«Rifletti. Nessuno la comprerà dopo quello che è successo».

Quella ferocia negli occhi.

«Perché credi che non acciti nessuno, questa storia?

C'è chi pensa di creare un memoriale, e chi immagina di aprire un museo!»

«Chi ti ha detto cose simili?»

«Chi? Sono cose che dice la gente, Thierry! La gente che io frequento e che tu ignori».

«Io non la ignoro».

«E allora perché tutti lo dicono? Ci ignori tutti!»

«Non... non è vero. Te, ti amo».

Si mette a piangere sempre più forte.

«Se tu mi amassi diresti di sì e venderemmo».

Ma vendere è ridurre a niente tutti questi anni di sacrifici.

«Accetta, per favore, Thierry».

Lasciare il solo posto in cui non sprofondo. In cui non cado.

«Non vuoi, è così?».

Lasciare che Guy mi rida nell'orecchio per il resto dei miei giorni.

«No, Lisa, è impossibile».

Allora si alza senza dire una parola e sbatte la porta.

26.

Reggere. Fare come se dovesse tornare da un momento all'altro. Piallare la porta di quercia che tra poco sostituirà quella della nostra camera. Proseguire la lettura del mio diario, chiamare Bretan per dirgli che il 24 aprile, ossia il giorno dopo la scomparsa della piccola Violine, Guy mi ha chiesto di aiutarlo a sostituire il vetro della loro camera. Nonostante il fastidio, scrivo che l'ho trovato di umore piuttosto allegro. No, il letto non era disfatto e no, non avevo incontrato Chantal. La vittima? No, non ho sentito nessun rumore sospetto e metto fine alla discussione, non volendo passare il resto della giornata a immaginarmi la ragazzina legata in cantina.

Provo per dieci volte a chiamare Dorian. Per dieci volte riattacco appena suona. Come fargli capire che lui non c'entra niente. Che addirittura mi mancherà. Che avrei preferito mille volte che le cose non andassero in questo modo. Che tutto mi sta sfuggendo di mano. L'esterno, intendo. I corpi, tutti i corpi, il mio in primo luogo. Che la spiaggia su cui cammino non è solo quella del dopo-Guy, ma anche quella di una casa che non smette di essere vuota. Con in ogni angolo singhiozzi accartocciati su se stessi. Con una donna e delle assenze che, analogamente agli uomini vestiti di bianco nel giardino di Guy, lasciano dietro di loro buchi enormi. Buchi nei quali bisogna non cadere se si vuole una minima speranza di rivedere la superficie. Cioè, la superficie... piuttosto la luce. Quella della cima degli alberi con il dolce dondolio delle foglie e il loro selvaggio profumo. No, sicuramente Dorian non capirebbe niente. E non capirebbe di più se gli raccontassi il mio primo incontro con Élisabeth. Avevo appena compiuto venticinque anni, con il mio diploma di tecnico superiore in tasca. Dopo una dura giornata di lavoro stavo bevendo un bicchiere a un tavolino di un bar. Lei si è seduta al tavolo vicino e si è voltata per chiedermi da accendere. Non saprei dire se è stato il verde dei suoi occhi, la franchezza del suo sorriso, la luce della sua pelle, il suo seno e il suo culo rotondi e sodi oppure il suo vestito rosso fuoco, corto, che le dava un portamento così bello. L'ho amata da subito. Lei mi ha ringraziato, poi è sprofondata nella lettura di un libro che mi è sembrato enorme. Come avrei potuto attirare la sua attenzione? Perché dovevo rivolgerle di nuovo la parola. Dovevo, perché sarebbe stato accanto a lei che avrei vissuto il resto della mia vita. Da dove mi veniva quella certezza? Sinceramente non ne avevo la minima idea. Mi era caduta addosso nello stesso istante in cui i nostri sguardi si erano incrociati. Così è passata una mezz'ora abbondante senza che trovassi il coraggio di parlarle. Fino a quel momento le ragazze non avevano avuto una grande importanza. Andavano e venivano nella mia vita senza mai veramente trovare un posto. Mi era stato facile trovarle. Ma ora, con una tale potenza di sentimento? Martoriavo il mio bicchiere, incapace di riavvicinarmi a lei, quando l'ho vista alzarsi. Era ora o mai più, ma ero come paralizzato. Mi sono morso la mano guardandola sparire all'angolo della strada. Ecco, era finita, non ero riuscito a fare niente. Ho alzato gli occhi al cielo, promettendo di vincere la mia paura se qualcuno, lassù, mi avesse dato una nuova possibilità di incontrarla. È precisamente in quel momento che l'ho vista apparire di nuovo. No, non sognavo. Era proprio lei che veniva dritta verso di me. Quindi Dio esisteva?

«Mi scusi, non ha mica visto il mio portafoglio? Credo di averlo lasciato sul tavolo».

Mi sono buttato subito a terra a cercarlo, e, miracolo, l'ho trovato. Allora lei mi ha rivolto il più bel sorriso della terra. Ma non poteva finire lì.

«Posso invitarla a cena?».

Era maldestro ma seducente. Lei ha riso. Molto più tardi mi ha confessato di aver accettato solo nella speranza di far ingelosire l'uomo che l'aveva appena lasciata così brutalmente. Poi ci siamo rivisti e lei ha amato il mio silenzio. C'era qualcosa di solido, in me. Qualcosa che non l'avrebbe maltrattata come avevano fatto gli uomini prima di me. E anche quel mio modo di divorarla con gli occhi. Nessun ragazzo l'aveva mai amata così tanto. Certo, ero molto solitario, ma lei avrebbe aperto la porta della nostra casa e ci avrebbe fatto entrare il mondo. E anche il rumore. E la vita con la sua pancia rotonda. Cosa poteva capire un ragazzo come Dorian di una storia così?

I giorni passano. Pulisco la casa da cima a fondo, apparecchio a festa a ogni pasto, con una tovaglia, una candela, la piccola saliera che lei preferisce e i nostri piatti più belli.

«C'è sempre stata solo lei, perché non torna?»

«E gli altri che ha intorno? Le persone della sua famiglia, i colleghi, le sorelle di sua moglie, i suoi amici?»

«No, non posso dire di amarli».

«Che significa, Thierry?»

«Non darei la mia vita per loro, capisce?».

Ha un leggero trasalimento di sorpresa, lascia cadere un grande silenzio.

«E suo figlio?»

«Con lui è diverso. È lei che me l'ha dato».

«Vuole dire che lo ama attraverso di lei».

«Sì, come le sue sorelle, come Chantal».

«Chantal?».

Arrossisco violentemente. Cosa mi è preso di parlare di lei?

«Sta parlando della moglie di Guy Delric, il suo vicino?».

Annuisco, paralizzato dalla vergogna. Riprende, molto dolcemente.

«Anche per lui sarebbe stato pronto a dare la vita?».

Lama di coltello che penetra. Sì, l'avrei fatto, e anche per Abdane, ma lui è morto.

«Morto?».

Sì, morto. E anche le ragazzine. Tutte le ragazzine che non ho sentito urlare. Probabilmente è il motivo per cui Élisabeth vuole vendere. Per lasciarmi, come tutti loro. Come potrebbe altrimenti avere il coraggio di chiedermi una cosa simile?

«Che cos'ha di così importante questa casa, Thierry?»

«L'ho costruita».

«Certo, ma in gamba com'è potrebbe costruirne un'altra, no?»

«C'è dentro tutta la mia vita con lei».

«E in un altro luogo no?»

«No».

«Me lo spieghi».

«In un altro luogo non mi proteggerebbe più».

«Vuole dire la vostra casa?».

In un altro luogo il mondo mi sommergerebbe e sarei morto. Ciò che già sono.

«Morto?».

Morto sotto la coperta. Morto in cucina. Morto di fronte alla risata di Guy. Morto nella bocca delle ragazzine. Morto nell'onda. Morto nelle stanze vuote. Morto di fronte al corpo di Abdane. Morto di fronte alle spalle di mia madre. Morto nel furore delle guerre di mio padre.

«No, Thierry, non posso lasciarle dire questo».

«Senza la casa e senza Élisabeth, sì».

Allora si mette a parlare di quell'amore che ho per gli insetti, di quel carapace, comune a tutti, che li protegge. Un carapace che ai suoi occhi condivido con loro e che, in me, ha preso la forma della mia casa. M'innervosisco molto. Tanti bei discorsi, ma mia moglie in tutto ciò? Tornerà, capirà che non bisogna venderla, vero?

«Non lo so, Thierry».

«A cosa serve il suo lavoro, se non lo sa?»

«A cercare di capire. Ma bisogna essere in due per questo».

I suoi occhi che sprofondano, di nuovo, dentro di me. Cosa può fregargliene di rispondermi «sì, Thierry, tornerà», di porgermi la sua mano, ma no, il signore preferisce fare il saggio e paragonarmi a un insetto.

«La sento in collera».

«Non sono uno scarabeo!»

«Non ho detto questo. Ho solo evocato la faccenda del carapace».

«Ma io me ne frego del loro carapace. Voglio solo capire cosa succede nella testa di mia moglie».

«Glielo ha detto. Vuole lasciare questa casa che la protegge, Thierry».

«Ma perché? Perché lo vuole?»

«Le ha detto anche questo. Per tutto ciò che è accaduto, ma anche perché non ne può più di vederla rinchiuso dentro».

«Non sono rinchiuso!»

«Ai suoi occhi lo è, e ora ha bisogno di vedere che ne può uscire. Che può cambiare».

«Cambiare? Questa è buona!».

Non reagisce.

«Se sa dirmi solo stronzate del genere non vale la pena continuare».

Mi guarda senza muoversi. Lo guardo, folle di rabbia.

«E come faccio a cambiare? Vendo, giusto? Le dico di sì».

Ancora nessuna reazione.

«Ma mi ascolta o no?».

Niente. Nemmeno un movimento. Mi alzo, picchio violentemente il pugno sul tavolo.

«Quanto le ha dato per avere la mia pelle? Quanto?».

Continua a non rispondere. Allora mi volto e me ne vado sbattendo la porta senza pagare. E tornato a casa apparecchio, riscaldo nel microonde una paella, la verso nel piatto di porcellana che le sue sorelle ci hanno regalato per Natale e l'aspetto, con i pugni stretti, guardando il fumo che si alza in piccole volute verso il soffitto.

27.

Tre giorni a lavare tutto con la varechina, perfino le maniglie delle porte e gli interruttori. A buttare via tutto quello che avevano toccato: le due sedie dove si sedevano, i piatti che gli avevamo prestato, i bicchieri, il servizio per gli «ospiti», le tovaglie, le tazze di caffè, le due caraffe e anche le bottiglie di porto e di rum.

Tre giorni. A dare calci alle sedie, a maledire gli psicologi, a minacciare a voce alta Élisabeth di lasciarla mentre aspetto, come un pazzo, il rumore della sua macchina.

Tre giorni. Con tutta la mia rabbia.

Poi, la scoperta di quel nuovo corpo a qualche metro dal capanno. Quello di Zoé, apprendista fioraia, ventidue anni, scomparsa il 2 luglio 2015, «mentre stava andando dal fidanzato».

E di nuovo quell'eccitazione morbosa sui volti. Come se questo ulteriore passo nell'orrore ridesse loro vigore. Peggio. Come se li rianimasse.

«Secondo le ultime dichiarazioni della moglie del

"mostro", la ragazza, nel momento del suo sequestro, si sarebbe battuta selvaggiamente. Per non turbare i vicini, suo marito avrebbe avuto allora l'idea di rinchiuderla nel capanno, dove l'avrebbe violentata e poi strangolata a mani nude».

«Turbare...». Guardo lo schermo, sbalordito. Ma è proprio la parola che i due giornalisti ripetono in continuazione, così soddisfatti della loro trovata.

E io che fino ad adesso cercavo di salvarti, Chantal. Perché non «disturbare», già che ci sei? Tornare indietro, raggiungere la riva dell'Aune, incontrarti di nuovo con la tua faccia sconvolta, e questa volta astenersi da qualsiasi pietà, capisci, Chantal?

Da qualsiasi pietà.

Campanello. Chi diavolo può essere? Non aspetto nessuno, cioè sì, mia moglie, ma mia moglie ha le chiavi, e quindi? La scientifica? Ma non è proprio il momento! Però apro. Non so nemmeno perché. Forse per dimenticare ciò che ho appena sentito o perché una parte insensata di me vuole ancora credere al ritorno di Lisa. E tutto va così veloce che non ho nemmeno il tempo di difendermi. L'uomo che mi sta di fronte è così alto. Non l'ho mai visto. Con una forza temibile si butta addosso a me, mi sbatte a terra e si mette a picchiarmi urlando.

«L'hai vista nel capanno, non è vero? Dillo!!! Dillo che hai sentito le sue urla e non hai fatto niente! Pezzo di merda! Se credi di potertene lavare le mani! Ti farò parlare io! Te la faccio sputare tutta quella merda! Era mia figlia! Mia figlia, capito? Perché non hai detto niente? Che ti aveva fatto la mia piccola Zoé? Che cosa...».

Due poliziotti aprono la porta, si buttano su di lui e lo immobilizzano. Mi appoggio al muro per riprendere fiato. Ho la guancia e l'occhio tumefatti, il labbro che sanguina. Uno di loro mi dice che sta arrivando un'ambulanza. Faccio segno che non serve. Insiste, scusandosi. L'uomo a quanto pare era in agguato e ha approfittato del cambio di turno per venire ad aggredirmi. Vorrei che stesse zitto. Che più nessuno mi desse spiegazioni. I poliziotti lo ammanettano davanti a me. In lacrime, a testa bassa, passa di fronte a me senza dire una parola.

«Signore, mi sente?».

Il sorriso splendente di sua figlia, la sua gonna gialla nelle foto.

«Le dicevo, dovrà seguirci per sporgere denuncia».

«No».

Il poliziotto si chiede se ha sentito bene. Non ha la minima idea del numero di pomeriggi che ho passato nel capanno con Guy nel luglio del 2015, delle birre che abbiamo bevuto insieme, della legna che abbiamo tagliato, delle cavallette, delle mantidi, dei coleotteri che abbiamo catturato, felici, così felici perdio... Mi fissa, sconcertato.

«Non vuole sporgere denuncia?».

Quella rabbia quando il padre di quella povera ragazza mi ha visto, perché non mi ha colpito più forte?

«No».

«Ma signore...»

«Andatevene ora. Tutti».

Bianco.

Mi sciacquo il labbro. Fisso a lungo l'occhio gonfio nello specchio del bagno. Poi vado avanti e indietro per casa chiedendo perdono a Zoé. Dopo scendo nel mio laboratorio, apro il doppio battente che dà sul bosco. Mi dirigo verso le tre campane in cui tengo le mie coccinelle, il mio coleottero e le mie mantidi. Le sollevo e, senza provare niente, li libero e li guardo volare via. Poi salgo in camera e comincio a mettere insieme un po' di cose. Il sole inonda la stanza. Sono in un bagno di sudore. Fuori e in tutta la Francia è un caldo pazzesco. Poi butto la borsa in macchina e parto.

Vedendo la mia macchina i giornalisti subito accorrono. Correre, fendere la loro folla e la loro massa. Liberarmi di tutti loro.

Del loro accanimento.

Oppure colare a picco come lei, mia madre, il volto chiuso, caparbio davanti alle porte.

Quindi me ne vado. Piantandoli tutti: spose, figli, cani morti, poliziotti, colleghi, direttrici delle risorse umane, vittime, genitori, mostri, stagisti, rapaci.

E ora la strada. Il suo asfalto scarlatto. Tutte le bestie nel bosco e, di fronte a me, il vuoto, il cielo, i cartelli, gli svincoli.

II

28.

Un desiderio di brughiera. Di giovane brughiera rosa pallido che vira al viola tra i crepacci di fango secco, erica e ginestra. Tornare all'infanzia generosa. Alle corse folli nei prati, nei ruscelli, per le colline e i pendii. Alla vecchia lingua che non parla più nessuno, alle sue «r» che si arrotano come i sassi nei torrenti, alle sue parole umide e calde che profumano di terra e grattano la gola. Ritrovare il sapore del latte fumante, la panna sulle labbra, bere l'acqua delle sorgenti, stendermi sui nocciòli e i cespugli di lampone selvatico. Dimenticare tutto il sangue. Andare, con gli occhi fissi sulla felicità passata, la nostra vita a tre nella casa con Marc e Lisa. Jules che ci corre incontro. Guy, così fiero mentre brandisce il suo paniere pieno di gamberetti di fiume, la cagna Nelly che, spaventata da un topo di campagna, aveva rovesciato il tavolo con salsicce e insalate. Le risate delle ragazze alle mie spalle. Le risate di Marc. Cancellare tutto e cambiare strada. Spuntare là dove nessuno di loro potrà più tradirmi, abbandonarmi.

Dopo tredici chilometri disseminati di rotonde, mi infilo sull'A28 in direzione di Tours, poi cinquantotto chilometri più avanti, sulla A10 in direzione di Bordeaux-Vierzon. È lì, senza logica apparente, che mi torna in mente il volto di quell'operaia in fabbrica. Il suo racconto inframezzato di lacrime mentre cercavo di far ripartire la sua macchina. Il padre dei suoi due figli che le aveva appena annunciato la sua intenzione di lasciarla. Poi, a casa, nemmeno una parola, nemmeno uno sguardo. Lei l'aveva supplicato, ma era come se non la vedesse più. Peggio. Come se ormai la sua presenza lo disturbasse. Lei non riusciva più a ingoiare niente e aveva perso più di sei chili in meno di una settimana. Lui se ne fregava completamente. Com'era possibile un tale voltafaccia dopo vent'anni di vita in comune? In cui avevano condiviso tutto. Adesso stava per chiedergli di andarsene, e pazienza per i bambini. Di prendere le sue cose e andarsene per davvero. Perché non aveva ancora lasciato la casa. La sera, tornando dal lavoro, lo ritrovava sul divano a organizzare, tutto pimpante, la sua vita di dopo con la sua bella al telefono. Avrebbe potuto morirgli davanti e lui non si sarebbe mosso. Come aveva potuto dimenticarsi di lei fino a questo punto? E ora la sua pressa che le creava problemi. Gli avrebbe detto di andarsene, di non cercare più di rivederla. Era l'unico modo che aveva trovato. Forse così lui si sarebbe reso conto, no? Io avevo scosso la testa, leggermente irritato. Il guasto era molto più complicato del previsto: avevo bisogno della mente completamente lucida per riflettere. E poi come aveva potuto sopportare una storia simile? Non mi aveva raccontato tutto, era impossibile. Sentendo la mia reticenza, aveva finito per allontanarsi e, qualche giorno dopo, per dare le dimissioni. In fabbrica nessuno l'aveva rimpianta. Era appena stata assunta. E ora il ricordo di lei su questa strada, la sua angoscia così vicina alla mia. L'avevo almeno riparata per bene, la sua macchina? E suo marito? Era tornato? Se soltanto avessi saputo dove abitava. Avrei voluto così tanto sentirla dire che sì, dopo solo qualche giorno aveva finito per capire quanto lei gli mancava, che era rientrato, a testa bassa, pazzo di lei, e che tutto era ripartito come prima. Allora avrei chiesto scusa anche a lei, scusa per non aver creduto alla sua storia. Poi le avrei raccontato tutto, le guerre di mio padre in Indocina e in Algeria, il mio incontro con Lisa, la nascita di Marc, la mia amicizia per Guy, perfino la chiazza di sangue di Abdane nel cortile della fabbrica, la rabbia del padre di Zoé, i suoi colpi. E tutto sarebbe potuto ricominciare. Lisa sarebbe tornata da me. Purtroppo non ricordo più il suo nome. Quindi la fattoria, laggiù. La fattoria in cui brilla ancora l'infanzia.

Quando arrivo è già buio da un po'. Nel paesino di sotto scopro, lungo i binari abbandonati, un nugolo di villette che non esistevano. Prendo la strada che risale verso il borgo con un nodo in gola. E se tutto fosse stato raso al suolo, lassù? Se, come qui, avessero ricostruito tutto? Vedendo le prime case i miei timori scompaiono subito. Niente è cambiato, nemmeno il lampione coperto di rovi e la vecchia cassetta delle lettere. In compenso, nessun segno di vita nei dintorni. Respiro a pieni polmoni l'aria pura, sollevo lo sguardo verso il miliardo di stelle.

Un po' più lontano, ritrovo la grande vasca di granito del lavatoio in cui scorre l'acqua gelida della sorgente che nasce una ventina di metri più in su. Mi avvicino per bere, poi prendo la strada che si arrampica in tornanti attraverso il bosco. Lassù, a circa ottocento metri di altitudine, la fattoria è ancora lì. Intorno sembrano essere spuntate le erbacce, ma non ci vedo più bene per via di una grande nuvola che passa e oscura la luna. Nemmeno lì c'è segno di vita. Parcheggio, faccio qualche passo fuori, mi stendo nell'erba appena umida. Tutto è così semplice. Come ho potuto aspettare così tanto? Bastavano appena quattro ore di strada. Perché non ci ho mai portato Marc ed Élisabeth? Chiudo gli occhi, cerco di immaginare la nostra casa lì. Tutto mi sembra così lontano: Guy, il suo abominio. Per la prima volta mi sento leggero, dopo un tempo che mi sembra immemore. È la morbidezza dell'erba? Il profumo avvolgente del biancospino? Qui Guy non esiste più e Lisa è avvolta nel sogno. Non ci sono più figli o psicologi a farmi dire quanto, da sempre, oltre i loro baci, sono solo. Solo con tutti loro, lungo i sentieri dell'Aune e sotto le coperte. Solo. Con tutti loro che pure amo. Tutti loro che, oggi, mi tradiscono. E mi abbandonano.

Dormire adesso. Inclinare il sedile della macchina. Sprofondare nel cuore della notte. Attendere l'alba.

29.

È il riverbero di un raggio di sole a svegliarmi. Il suo calore delicato sulle mie palpebre. Quando mi sveglio, il mio occhio destro fatica a rispondere. Nel piccolo rettangolo dello specchietto retrovisore lo scopro ancora più gonfio del giorno prima. Anche leggermente bluastro. Mi stiro dolcemente. In una luce dorata, la fattoria della mia infanzia si eleva di fronte a me. Dappertutto intorno, luccicano le erbacce impregnate di rugiada. Nessuno le taglia da tempo. Mi sollevo un po'. Apro la portiera. Esco. La terra è umida sotto i miei piedi nudi. Ci sprofondo cercando la freschezza. Di fronte, il massiccio del Sancy è circondato dalla bruma. Oggi sarà sicuramente bello e ancora una volta molto caldo. Non c'è un soffio di vento. Gli alberi sono immobili. Mi allaccio le scarpe, do un'occhiata ai prati più giù cercando un gregge. Nemmeno l'ombra di una bestia. Vado verso la fattoria. La porta principale e le finestre sono state chiuse da assi inchiodate di traverso. Giro intorno all'edificio nella speranza di trovare un passaggio, ma anche lì qualcuno si è preso cura di sigillare tutte le entrate, sia con le assi, sia murandole. Deluso, vado verso il garage, la grande porta di quercia è ancora lì, traballante. Immediatamente, di fronte a lei, sento le urla di mio nonno per far muovere le due mucche davanti al carretto.

«Vai! Vai! Vai!».

A quell'epoca nessuno era così ricco da avere dei buoi, e poi le mucche avevano un vantaggio: facevano i vitelli. Nei giorni di fienagione, lo rivedo armato del suo forcone per caricare i covoni mentre io, dietro di lui, avevo il compito di raccogliere i fili sparsi. Non si doveva perdere niente, era la consegna. Il sole mi cuoceva la pelle. Avevo sete. Eppure, con quale fierezza caricavo a mia volta ciò che avevo raggruppato in una quantità pari a un forcone. Riempito il carretto, tornavamo al fienile ed è lì che cominciavano le complicazioni. Per far entrare il rimorchio, le bestie dovevano fare una giravolta e andare all'indietro. Anche se Raymond le aveva addestrate a farlo, la partita non era mai vinta in partenza. Il rimorchio era molto pesante e le mucche sapevano che avrebbero dovuto forzare per farlo passare. E poi, nel momento in cui varcavano la porta, dovevano dare prova di una grande precisione per non far urtare il carretto.

«Vai! Vai! Vai!».

Più le mucche si avvicinano al granaio, più Raymond gli urla per fargli fare un ultimo sforzo. Finalmente il rimorchio entra. Quando i bordi toccano lo stipite, mio nonno si infuria. Poi avviene il miracolo. Il tiro, finalmente, entra e scompare. È come se il tempo fosse sospeso. Ci guardiamo, poi io lo vedo infilarsi dentro, salire sul carretto e mettersi a scaricare. Immediatamente, io salto sul fieno che lui butta di sotto per ammucchiarlo. Anche lì la consegna è senza appello: bisogna riempire il granaio al massimo.

In alcune annate il foraggio era così mediocre che si doveva aggiungere del sale perché gli animali lo trovassero migliore. Una volta svuotato il carretto, si ripartiva seduta stante verso il campo. Così si mettevano insieme addirittura due, tre, a volte quattro rimorchi in una sola giornata, e poi era sera. Allora andavano riportate le bestie alla stalla. All'ora di cena, Raymond mi porgeva la mia ciotola di zuppa.

«Mangia, piccolo mio».

Appena a letto mi addormentavo di colpo.

I giorni passavano. Io non aspettavo più niente. Né il ritorno di mio padre, né la felicità di mia madre. Prima o poi, era evidente per me, avrei vissuto lì.

Spingo leggermente la porta. Resiste tremolando. La carezzo con le dita. Sorrido scoprendo una traccia di vernice rossa. Ero stato io a sceglierla, nel negozio. Raymond non aveva battuto ciglio. Mi ci era voluta una settimana per ridipingerla tutta. L'ultimo giorno, Raymond aveva esaminato a lungo il mio lavoro, poi mi aveva posato la mano pesante sulla spalla e io avevo capito che era contento. Poco tempo dopo se n'è andato e tutto si è fermato. Era quarant'anni fa. Avevo appena compiuto tredici anni. Mio padre ha venduto la fattoria e all'epoca io non ho avuto voce in capitolo. Non so nemmeno a chi appartiene oggi. Visto lo stato in cui è, probabilmente è in vendita.

Spingo la porta un po' più forte, riesco a infilarci la testa. Attraverso la penombra, distinguo un vecchio telone di plastica, qualche tubo di ferro, la carcassa di una carriola. Sembra tutto abbandonato da anni. Giro di nuovo intorno all'edificio sperando di trovare una breccia per dare un'occhiata. Senza successo. La stufa ci sarà ancora? E il letto in cui dormivo nella stanza di sopra? Forse qualcuno nel borgo potrà darmi qualche informazione e dirmi se, dentro, tutto è rimasto simile o se invece è stato demolito tutto, se ci hanno vissuto dei bambini come me, se scendevano le scale di corsa come facevo io, facendo le stesse urla. Nemmeno delle mucche ho saputo niente. Quante volte ho tormentato mio padre sull'argomento. Il compratore si era impegnato a occuparsene? E altrimenti, che cosa ne era stato di loro? Ogni volta si irritava di più. Cosa volevo con tutte le mie domande? Non era già abbastanza difficile così? «Tuo nonno è morto».

«Morto».

Ripeteva.

«Punto e basta. Quindi le sue mucche...».

Era tempo di voltare pagina.

Scendendo la strada a piedi, vedo due caprioli in un prato. Attraverso l'erba, vedo i loro due culi bianchi saltare e poi sparire. Raymond li detestava.

«Divoratori d'alberi, questo sono».

Io no, a me piacevano. In cielo, l'urlo lancinante di una poiana. Poi di nuovo il silenzio. Nemmeno una nuvola. Il caldo cresce. Finalmente arrivo al lavatoio. Mi tolgo la camicia, mi aspergo di acqua gelida pensando a Marc sotto le piogge torrenziali di Hanoi. Gli sarebbe così piaciuta la vita qui. Infilo la testa nella vasca e mi diverto come quando ero bambino a tenerla sott'acqua più a lungo possibile, uscendo all'ultimo momento per riprendere fiato. Poi mi stendo al sole, osservando, una a una, sulla mia pelle, le gocce che evaporano. Intorno a me il volo di una vespa, il canto di una cinciallegra, l'apparizione di una lucertola. Enrico VIII può andare a farsi fottere, e anche i giornalisti e tutte le direttrici delle risorse umane. Dopo una lunga pausa alla fine mi rialzo e riprendo il cammino.

Nel borgo non c'è anima viva. Ed è inutile bussare alle porte. Sto per allontanarmi quando un rombo mi fa voltare. Alla vista di una decina di mucche che trottano verso di me, mi schiaccio al muro. I loro fianchi mi sfiorano. E non sono poche! Qualche metro dietro di loro spunta un giovane contadino, con il bastone in mano.

«Mi scusi. Di solito non c'è mai nessuno qui. Spero non si sia fatto male».

«No, no, tutto a posto».

Si avvicina, mi squadra, improvvisamente sospettoso.

«È a piedi?»

«Ho lasciato la macchina più su. Sa mica per caso se qui nel borgo ci vive ancora qualcuno?».

Aggrotta le sopracciglia.

«Qualche problema?»

«No, perché?».

Le bestie di fronte a lui si innervosiscono.

«Oh! Oh! Di là ho detto! Guardi, sul serio, con il caldo diventano matte. Che le è successo?».

Lo guardo senza capire.

«Lì, al labbro e all'occhio».

Mi viene da ridere.

«Mi scusi, certo... Sono... Sono caduto di bicicletta, ieri».

Non ha tempo di scrutarmi ancora. Tre delle sue mucche corrono verso la strada.

«Visto! Cosa le dicevo!»

«Rimanga qui, le vado a prendere».

Mi guarda interdetto.

«Non si preoccupi. Ho imparato da bambino!».

Comincio a correre senza dargli il tempo di reagire. Vedendomi, le tre fuggitive si fanno prendere dal panico. Normale, non mi conoscono. Con inaudita felicità, le supero con uno sprint, sollevo le braccia per impedirgli di allontanarsi ancora. Si fermano di colpo. Senza mollarle con lo sguardo, mi accovaccio lentamente, raccatto un bastone da terra e mi rialzo.

«Marcia indietro, ora! Vai! Vai!».

Impaurite, fanno un salto e si avvicinano l'una all'altra. Mi resta solo da costringerle a voltarsi. Le avvicino, colpisco leggermente il fianco della prima che, velocemente, obbedisce. Subito le altre la seguono e partono al trotto per raggiungere la mandria. Il contadino, incantato, mi accoglie senza più alcuna diffidenza.

«Parola mia, sembra che non abbia fatto altro per tutta la vita!»

«Mi sarebbe piaciuto, ma non è andata così».

Mi dà la mano.

«Io sono Frank, e lei?»

«Thierry. Dove le sta portando?»

«Nel prato laggiù. Con questa cazzo di siccità, sono costretto a portarle sempre più lontano per trovare un po' d'erba. Se va avanti così, dovremo dare fondo alle riserve. Per non parlare della penuria d'acqua. Di questo passo tutte le sorgenti saranno a secco tra meno di un mese».

«Sul serio?»

«Oh! Di qua, ragazze! Mi aiuti ad aprire il recinto. Vai! Vai! Piano! Piano ho detto! Si è perso?»

«No, sono venuto a rivedere la fattoria in cui viveva mio nonno. Si chiamava Raymond Clavaud. Le dice qualcosa?»

«Mi dispiace, non sono di queste parti ma di Bordeaux. Cinque anni fa ho mollato tutto per trasferirmi in campagna: casa, lavoro e anche fidanzata. Ci ho messo tutti i risparmi, e per che risultato. Queste bestie non sono nemmeno mie, ma di un fattore a cui do una mano. Le mie ho dovuto rivenderle l'anno scorso. Con la grande distribuzione e le politiche comunitarie il governo ci ha fregati a dovere. Per non parlare del tempo. Quattro anni e quattro estati roventi! Debiti, non ci ho guadagnato altro. Mi sono dato anima e corpo, solo che per uscirne dovrei darmi al solare e avere dieci volte più bestie, e come faccio a pagare? Non posso finire come tutti quei ragazzi che si suicidano. Più di dieci in meno di tre anni da queste parti. Dieci, si rende conto? Ragazzi che lavorando ottanta ore la settimana si ritrovano alla fine del mese a non avere nemmeno i soldi per mangiare... L'ultimo si chiamava Bruno, aveva la mia età. Per me è stato un segno. Non so cosa potrò fare se torno in città. Non sono più abituato, ma vabbè... Lei dove abita?»

«Da queste parti, in campagna».

«Bello. Come si chiamava suo nonno?»

«Raymond».

«Mi ha detto che era un allevatore?»

«Aveva dieci mucche, sì».

«Ma lei non pensa di riprendere la sua fattoria?»

«No».

«Fa bene. È un pessimo lavoro. E lasciamo perdere lo stato del pianeta. Viene da chiedersi cosa resti da salvare al mondo. Comunque mi ha fatto bene parlare con lei. Sinceramente ho il morale a terra in questo momento. Non so proprio come finirà».

Lo guardo allontanarsi. Perché non avergli raccontato tutto? E perché, invece di urlare il suo nome e corrergli dietro, rimango seduto a guardarlo sparire?

30.

Quando attraverso di nuovo il borgo, il sole è a picco. Sicuramente a quest'ora qualcuno alla fine mi aprirà. Ma anche se busso a tutte le porte, le persiane restano invariabilmente chiuse. Mi arrabbio con me stesso. Cosa speravo di trovare? Mi do un'ultima chance, andandomene, questa volta, alla ricerca della casa di Jeanne, che si occupava di me quando ero piccolo. Ma anche in questo caso va male. Impossibile trovarla. Dove andare, allora? Mi sento fragile, dopo che il contadino mi ha lasciato.

Dopo una buona mezz'ora di cammino, finalmente vedo la fattoria, in lontananza. Mi avvicino, improvvisamente felice. Per un attimo, lungo la strada, ho avuto paura di essermi inventato tutto. Com'è possibile che non ci sia più acqua? Non era il posto delle mille sorgenti, questo? Come è potuto succedere? Ma la fattoria è proprio lì. Alla vista degli spessi muri di pietra, sussulto di gioia. No, non ho sognato. Non sto sognando. Allora, senza riflettere, apro le braccia e mi appoggio alle pietre calde. Vivere di nuovo con lei. Accoglierla interamente. Non dimenticarla più.

31.

Sul mio telefono: dieci chiamate di numeri sconosciuti, tre di mio fratello, cinque di Bretan. Di Lisa niente, e stranamente me ne frego. Adesso è Marc che vorrei sentire. Marc, mio figlio, che improvvisamente mi manca, forse per l'età del contadino, per il suo sconforto. Chiamarlo. Sentire la sua voce. Parlare con lui senza il casino della casa né il baccano di Hanoi tra di noi. Il telefono suona a vuoto. *Quel dolore che sento ogni volta che pronuncio il tuo nome. Ti amo così tanto, così teneramente, figlio mio. Perché mi è così difficile dire le cose? Tanto che a volte mi sembra di non viverle nemmeno. Non senti il telefono. Forse piove da te, o stai dormendo con una donna. La suoneria insiste. Ce l'ho così tanto con te perché te ne sei andato. Perché sei felice senza di noi.* Più la suoneria dura, più risuona con potenza. *Non la senti. Dormi profondamente. Sei così bello, Marc. Sei mio figlio. A casa, dopo l'arresto di Guy, è il caos. Anche con la mamma è il caos. Anche in questo caso probabilmente è perché non ho saputo dire le cose.* La suoneria si trascina. *Quella mia paura che tu mi dimentichi. Perché non rispondi? Per me era questione di venire via da casa dei miei genitori oppure deperire come lei o prendere le armi come lui. Tanti dolori e non detti. Ma tu, figlio mio? Tu, che non ho mai perso di vista e a cui non ho mai mentito? Perché questo bisogno di scavare una simile distanza?* La suoneria colpisce il vuoto. *In fabbrica mi hanno dato quindici giorni di permesso senza che lo volessi. La mamma dice che è per via degli orrori di Guy, dice anche che se la sarebbe svignata comunque, perché se l'è svignata, pensa te. È vero che avrei dovuto accorgermene. Intanto Bretan, quello che conduce l'inchiesta, afferma che nessuno se ne accorge mai. Comunque. La mamma vuole vendere la casa e qui non c'è più acqua. Sono perduto, Marc. Mi manca tutto. La mamma dice che io ignoro la gente. Lo psicologo dice che mi sono rinchiuso da qualche parte. Ha ragione, Marc. Sono rinchiuso dentro questo amore che ho per voi. E allora? È un male amare così tanto? Siete la mia vita, insieme alla nostra casa. E allora perché mi avete abbandonato? E ora questa fattoria di Mas-d'Artige dove ho passato le più belle estati della mia infanzia. Pensavo di trovarci qualcosa. Invece mi sono trovato di fronte solo porte chiuse.* Sempre la stessa suoneria che vibra, girando su se stessa... *Vorrei tanto averti vicino. Che tu mi spiegassi cosa ha attratto Guy in me, cosa devo fare per recuperare la mamma.* La suoneria attraversa le vie della città, raggiunge il tuo appartamento, varca la prima finestra, corre nel salotto fino al tuo corpo addormentato. *Marc, rispondi per favore. Sono io, tuo padre, ti ho raccontato così poche cose sulla mia vita. Ma era così bello vederti crescere. Niente doveva intaccare quella felicità, soprattutto il mio passato. Questa fattoria adesso, come un pezzo di me stesso che tu non conosci e che vorrei così tanto condividere con te.* La suoneria dura e probabilmente durerà finché la batteria del mio telefono sarà completamente scarica. Tanto meglio. *Mi lascia un bel po' di tempo con te. È così difficile decidere di andarmene. Eppure devo. Il calore diventa insopportabile. Non c'è più nessuno qui, la fattoria è condannata. Se almeno sapessi dove si trova la tomba di mio nonno. Sono così stanco, Marc. Non so nemmeno se sai le cose. Mio padre ha fatto la guerra nel luogo in cui sei. Una guerra che voleva a tutti i costi rendere eroica ai miei occhi. Non ci ho mai creduto. Dietro il suo sorriso sentivo le urla. È colpa sua se è accaduto tutto?* Maledetta suoneria che rotea nel vuoto. *Sei uscito? Sei in un locale a ballare con qualche ragazza? Non conosco nemmeno il nome di uno dei tuoi amici. Bisognerebbe ricominciare tutto. Trovare le parole per consolare mia madre. Non invitare mai Guy, rifiutare quella chiamata quando Abdane è morto, e stringerti tra le braccia, Marc. Come non ho mai fatto. Ma tu non rispondi e niente può ricominciare. Il calore sale. L'erba dei prati brucia, mio padre uccide, Guy uccide, scoppiano guerre dappertutto, mia madre inconsolabile piange, il padre di Zoé mi picchia, Abdane e le ragazzine muoiono. Non c'è nessuna risposta. Nessuna via d'uscita.*

32.

Resto per ore davanti alla fattoria, incapace di staccarmi. Alla fine la fame mi costringe a levare le tende.

Arrivato a La Courtine, costeggio il campo militare, che sembra deserto. All'epoca c'erano migliaia di soldati che ci vivevano. Si vedevano seduti ai tavoli dei bar lungo le strade principali. Fu vedendoli che mio padre ebbe l'idea di fare la carriera militare. Per la loro bella uniforme.

In paese la maggior parte dei negozi hanno reso l'anima a Dio. Anche l'Hotel de l'Univers, che un tempo era così luccicante, cade letteralmente in rovina. Dopo diversi giri, alla fine scovo un alimentari appena prima dell'uscita dal paese. Compro un coltellino, delle mele, pane, burro, prosciutto, formaggio e una bottiglia d'acqua. Alla cassa la signora mi guarda con sospetto.

«Sono caduto di bicicletta».

Si mette subito a sorridere.

«Direi che non è stato fortunato a iniziare le vacanze in questo modo».

Annuisco rimanendo il più possibile a distanza. Ho una tale paura che scopra chi sono. Mentre passa i miei articoli alla cassa, intravedo, da una porta socchiusa, due clienti in coda a un bar che capisco appartiene sempre a lei. In fondo alla sala un televisore trasmette un programma di cucina a cui nessuno presta attenzione.

«Le dispiace pagare in contanti? Ho qualche problema con la macchinetta. Non smette di fare capricci da stamattina».

Le porgo un biglietto da venti euro. Mi dà il resto facendomi di nuovo un sorriso, e per «ringraziarmi della gentilezza» mi dà una brochure sul lago di Vassivière e un'altra sulle passeggiate da fare nei dintorni. Esco dal negozio sollevato. Qui non ho da temere nessuno. I lupi e l'orda sono altrove.

Arrivato alla macchina, prendo verso Flayat e giro a sinistra verso Gorces, fermandomi cinquecento metri più avanti sul bordo di un campo che sovrasta la vallata. All'ombra di una grande quercia, mordo il mio panino e poi decido di arrivare fino allo stagno della Méouze. Raymond mi ci portava a pescare le carpe. Dopo un lungo giro nel bosco, lo ritrovo sempre selvaggio come un tempo. Le sue acque luccicano sotto il sole di piombo. Supero il campeggio, costeggio la diga e il ristorante la cui vetrata - oggi murata - offriva ai tempi una vista incommensurabile sul «lago», come piaceva chiamarlo a Raymond. Un po' oltre scopro una spiaggetta arricchita da un parco giochi con toboga. Nessuno in vista per fortuna. Quando mi avvicino, qualche rana gracida. Mi spoglio veloce, entro nell'acqua infilando i piedi nella melma. La temperatura è così perfetta che non ho nessuna difficoltà a tuffarmici di testa. È proprio la prima volta. Di solito l'acqua degli stagni da quelle parti è così gelida che non ci si resta mai più di qualche secondo. Mi allontano nuotando a dorso. Ripenso a Marc nel suo appartamento. Alla fattoria laggiù. Alla tomba di Jules. Bianca. Galleggio, alla deriva, nelle acque scintillanti, spalanco la bocca, ci faccio entrare il cielo. D'improvviso vorrei essere morto. Sentire la terra ricoprirmi fino alla sepoltura. I fiori spunterebbero di nuovo nel giardino di Chantal. Le ragazzine crescerebbero. Tutte onorerebbero quell'appuntamento mancato e si lancerebbero nella vita. Io non posso più farlo. Qualcosa in me si è fermato da così tanto tempo. Quando esattamente? Non lo so. Poi ho incontrato Élisabeth e ho dato vita alla nostra casa.

Sull'argine, mi asciugo al sole. A meno di un metro da me, una naiade con gli occhi rossi viene a posarsi su un filo d'erba galleggiante. È un maschio: l'estremità del suo addome è azzurra. Lo guardo con indifferenza, addirittura sperando che sparisca. Cosa che fa.

Verso la fine della giornata, mi avvio verso i pontili in cui Raymond mi portava a pesca. Un sentiero di listoni di legno permette di non sprofondare nella torbiera. In alcuni punti l'umidità ha già eroso le tavole. Quindi bisogna saltare sopra i buchi che si sono formati. Cammino senza sapere cosa sto cercando. Un po' di gioia probabilmente. Una gioia che non arriva.

L'indomani, e i giorni seguenti, torno a comprare dei viveri all'alimentari. Davanti alla cassa, la padrona mi confessa di temere che il caldo faccia scappare la gente.

«Mi piace tanto quando c'è gente, insomma, gente... non c'è mai più di una decina di turisti che vengono qui in estate. Lei conosceva già la zona?»

«Un po', sì. Ci venivo da bambino».

«Aveva dei parenti?»

«Sì, mio nonno».

«Ah, e come si chiamava?»

«Raymond Clavaud».

Riflette, e in me si accende una luce di speranza.

«Clavaud... Vediamo un po'...»

«Aveva una fattoria sul lato del Mas-d'Artige. È morto nel 1980».

«No, non mi viene in mente. Comunque ero una bambina, e poi io sono cresciuta a Magnat. Ci è passato?».

Deluso, faccio segno di no.

«Il paesino è bello. Stanno rifacendo la chiesa».

Non capisco. È di lui che ho bisogno. Di Raymond, mio nonno, delle sue mani sulle guance per dirmi quanto mi vuole bene.

«Si figuri che ci sono due campane».

«Ah, sì...?».

Dovrei sparire ora. Dovrei spingere la porta. Dovrei andarmene sotto il sole cocente.

«Il cantiere è partito in ritardo, ma sono sicura che sarà magnifica quando avranno finito».

Vede che non l'ascolto. Cerca con lo sguardo un pretesto per non sembrare maleducata, si volta verso il bar.

«Mi scusi, devo andare a dare un'occhiata per vedere se va tutto bene».

«Ma certo».

Allora sparisce e io me ne vado.

I giorni passano. Terribilmente lenti. E poi tutto è così assurdo: la fattoria che non riesco a lasciare, la convinzione che mi darà una risposta. Dove altro andare? A casa nessuno mi aspetta più e Guy ha fatto dei tali danni. Allora mi trattengo lì, sulla spiaggetta dello stagno, nelle strade deserte, sui sentieri nel bosco o lungo la strada. Non torno all'alimentari ed evito i mercati e i mercatini. Solo. Voglio essere solo. Dormo in macchina. La barba cresce. Briciole di pane si accumulano sul sedile del guidatore. Il tempo passa. Rimango ore a contemplare lo stagno. Intorno a me saltano le cavallette. Non me ne interesso. Quando sono in acqua faccio il morto e mi lascio andare. Il cielo lassù è di un bianco che fa male. Apro le braccia. Le faccio andare giù. Qui c'è un altro. Un altro che ama da morire. Non io. Io ho sepolto tutto. Galleggio nel silenzio del mondo.

I giorni passano senza che riesca ad andarmene. La fattoria è tutto ciò che mi resta. Non c'è più niente oltre.

Giorno dopo giorno il calore è devastante. A volte qualcuno mi rivolge la parola: una donna al supermercato, nel reparto cereali, un benzinaio al distributore. Le loro voci mi arrivano come in un'eco. E anche i loro corpi, che si chinano come se volessero avvicinarsi a me.

Sono il figlio inaccessibile. Il figlio della morte e dell'abbandono. Fuori è tutto infinitamente triste: le bottiglie di plastica, le sigarette schiacciate, la gente rintanata in salotto. Eppure è estate. Guardo la fattoria, mi siedo di fronte alla porta. Tutto questo silenzio. C'è ancora qualcosa da vivere per me?

Poco fa, davanti al pendio, ho avuto voglia di buttarmi. Cammino su un filo. Così teso. Al Lavomatic fisso la schiuma nel cestello. Nei bar bevo birre senza nemmeno pensare a ricaricare il telefono.

Fuori la temperatura raggiunge il record. Non cresce più niente. Tutto brucia. Guardo la fattoria supplicando Raymond di riportarmi Lisa. Cammino lungo le facciate, digito il codice a un distributore, lancio sassi. Ogni giorno la perdita è più irrimediabile. In macchina inclino il sedile. Scaccio le mosche. Se non voglio far precipitare tutto, dovrò dire addio a questo posto prima possibile. Dopo non lo so. Forse guidare. Le ragazzine hanno avuto così paura e lui gli ha fatto così male.

Guidare, con il vetro aperto.
Fino allo sfinimento.

33.

«Se sta cercando l'eremita, non è qui!».

Mi volto bruscamente, mi trovo davanti una vecchia che mi scruta con diffidenza. Dopo il contadino non avevo più visto nessuno qui. Da dove spunta? E come ci è arrivata? Non ho sentito nessun motore. Possibile che sia venuta a piedi? Continua a fissarmi, sospettosa.

«Stava cercando lui o no? Perché qui è una proprietà privata».

Annuisco, incapace di risponderle. Stamattina, come nei tre giorni precedenti, ho messo in moto pensando finalmente di andarmene, ma ancora una volta, prima di Aubusson, ho fatto inversione a U e sono tornato. Poco dopo, sono andato in cerca di fiori selvatici: un mazzo di olmarie, campanule, angeliche, erica e fiordalisi che appoggio di fronte alla porta della fattoria scusandomi con Raymond di non essere mai venuto a salutarlo. La sua morte era stata così bruscamente avvolta in un tale silenzio: una parte di me aveva deciso di non crederci. Poteva darmi ora il coraggio di andarmene? Non ci si nutre di ciò che è morto. Era lui che me lo aveva insegnato. Nonostante tutto, invece di mettere in moto, sono rimasto ore a fissare il mazzo di fiori come la vecchia adesso fissa me con i suoi grandi occhi color lavanda.

«È sordo per caso? È a casa Gastel, qui è la loro fattoria!».

Esco dal mio torpore.

«Gastel?»

«Li conosce?»

«Cioè... io mi chiamo Clavaud. Thierry Clavaud. Il nipote di Raymond Clavaud».

Il volto della vecchia si illumina.

«Ma guarda! Il nipote di Raymond! No, ma deve scusarmi. Sono sola, qui. Preferisco sapere con chi ho a che fare. Con i Gastel poi è tutta una storia. Da quando il vecchio è morto, sono tutti a litigare per l'eredità. E intanto lo vede, tutto va in rovina!».

Scuote la testa, mi guarda di nuovo, si rimette a sorridere.

«E io che pensavo venisse per l'eremita. Il sentiero parte da qui, ma io non ce la faccio più».

Il vecchio eremita, sì, mi ricordo! Anche Raymond andava a trovarlo ogni tanto.

«È sempre vivo?».

La vecchia si mette a ridere.

«Quello no di certo. Ma ce n'è uno nuovo. Un giovane che ha preso il suo posto».

Mi guarda, commossa.

«Se penso che solo ieri ero all'ospedale. Mi sarebbe

dispiaciuto non incontrarla, tanto più che questa volta ho pensato che non mi avrebbero fatto venire via. Andiamo, non restiamo in questo forno o mi sentirò male. Le andrebbe di accompagnarmi a casa? Ho dei biscotti e il caffè».

In macchina, vengo a sapere che suo padre e mio nonno erano amici fin dai tempi di scuola. Quindi ha conosciuto mio padre e anche Lucette, mia nonna, morta di malattia all'inizio della guerra. In paese purtroppo rimane soltanto lei. Sono tutti morti, o se ne sono andati da tempo.

«Si fermi qui. La stradina è stretta. Non vorrei facesse qualche danno alla macchina».

Obbedisco guardandomi bene dal dirle il numero di volte in cui sono già passato di lì. Le porgo la mano per aiutarla a uscire. Lei mi ringrazia, pimpante.

«Mio figlio è andato a vivere in America, e mia figlia invece... Non so mai dov'è né cosa fa. Ma per fortuna ho mio nipote e oggi ho lei. Ecco, è al numero 8, la casa con le persiane bianche. Attenzione, c'è un bello scalino».

Dentro, lo spessore delle mura è tale che fa quasi fresco. Entrando mi trovo davanti a una scala che, mi dice lei, porta alla sua camera. A sinistra c'è la stanza principale dove troneggia una grossa stufa con accanto un televisore e due sedie. Sotto il davanzale dell'unica finestra da cui, attraverso le persiane, filtra la poca luce del giorno, una tavola di legno da due e, nell'angolo, la zona cucina con acquaio, fornelli e frigorifero. Faccio un passo nella penombra. A parte le bestie, tutto ha l'odore di Raymond qui: quel particolare misto di granito, legna tagliata, chiuso e tessuto vecchio.

«Si sieda in poltrona. Le preparo il caffè».

Va e viene nella piccola stanza facendomi dei bei sorrisi.

«Lo prende con lo zucchero?»

«Sì, per favore».

«Si serva. C'è scuro e bianco. È mio nipote che mi fa la spesa due volte al mese. È proprio un angelo quel ragazzo».

Finalmente si siede.

«A me ovviamente la prima cosa che viene in mente quando penso a suo nonno, è quella diabolica storia delle mucche che ha perso».

«Come, perso?».

Mi fissa perplessa.

«Parliamo della stessa persona, vero? Del Raymond Clavaud che abitava alla fattoria dove ci siamo incontrati?»

«Beh sì, di lui».

«E non sapeva che aveva perso la sua mandria?».

La guardo, sempre più turbato.

«Ma no...».

E se si confondesse? A quell'età la memoria gioca brutti scherzi. Apre una scatola di biscotti e me la porge.

«Tutto per colpa di una malattia che si sono prese tutte le sue mucche. A quei tempi non c'era niente da fare. Era veramente terribile. Non ce n'era una che portasse a termine la gravidanza. Si sono messe ad abortire una dopo l'altra. Alla fine, per evitare che contaminassero le altre bestie del paese, Raymond le ha dovute far abbattere. Era l'inizio degli anni Sessanta. Dopo l'abbattimento, è rimasto più di un mese chiuso nella fattoria. Non c'è cosa peggiore, per un allevatore, che uccidere le proprie bestie».

Approvo, sconcertato, con un cenno della testa.

«E poi?»

«Senza mucche, s'immagini! In meno di un mese non aveva più un soldo, è finito a fare l'operaio alle fonderie di Ussel. Quando si è saputo, tutti hanno pensato che per lui fosse finita, che avrebbe anche dovuto vendere la fattoria. Bisogna anche pensare che cos'era lavorare in fonderia a quell'epoca. Un vero inferno. Ma lui ha tenuto duro e a forza di risparmi è addirittura riuscito, dopo sei mesi, a ricomprarsi la prima mucca. Da quel momento faceva l'operaio la notte e il fattore di giorno. Qualcosa come ventiquattr'ore di lavoro al giorno. Da queste parti nessuno pensava che ce l'avrebbe fatta. Ma lui ha continuato a ricomprare una mucca dopo l'altra fino a riuscire, dopo dieci anni, a riformare l'intera mandria! Se non è una bella storia questa... Guardi, a raccontarla mi vengono le lacrime agli occhi».

Abbasso la testa, perso.

«Non lo sapevo proprio».

Ride dolcemente.

«Gli uomini di quella generazione erano tutti uguali, non era gente che si vantava delle cose. Prenda mio padre, crede che mi avrebbe mai raccontato quello che aveva fatto per i partigiani durante la guerra? È solo grazie a una vecchia zia che sono riuscita a saperlo. Si figuri che era stato lui nel 1942 a organizzare il rifornimento di quelli di Clairvaux, e nel 1943...».

Non l'ascolto più, comincio a ricordare. Ho tredici anni. Non lo so ancora, ma è l'ultima estate che passo con Raymond. Una notte, mi sveglia scuotendomi. Si mangia le parole. Ha uno sguardo inebetito. Ha bisogno di me nella stalla. È tutto quello che riesco a capire. Il mio cuore batte all'impazzata. Non l'ho mai visto in questo stato. Mi vesto di corsa. Scendo le scale. Spingo la porta della stalla, lo raggiungo di fronte alla mucca che scalcia e che lui sta disperatamente cercando di legare. Sto per mettermi ad aiutarlo quando, in mezzo alla paglia, la visione di un'enorme massa sanguinolenta mi paralizza.

«Sbrigati piccolo! Ha un rovesciamento dell'utero! Bisogna impedirle di calpestarlo! Muoviti, perdio! Non ce la faccio da solo! Morirà sennò! E stai attento al vitello. È proprio dietro».

Lo fisso, inebetito. La bestia si dibatte dando calci alla palizzata.

«Sbrigati, ragazzo!».

Ma i miei occhi non riescono a staccarsi da quel magma di carni sanguinolente e sono vinto dallo spavento. Penso al vitello che è uscito. Al vitello nato da quella cosa aberrante che si spande ai miei piedi e di fronte a cui vorrei solo fuggire.

«Piccolo, per favore».

Ora piange, lui che avevo visto sempre così forte. Non posso lasciarlo così. Devo reagire. La mucca in quel momento si calma: è il momento. Corro verso di lui e tutto precipita. Nella stalla, la bestia si inginocchia. Subito Raymond si butta sul suo grembo, urlandomi di aiutarlo a tenerla. Ho tredici anni. Non sono ancora un uomo.

Non so niente del corpo delle donne, del loro mestruo, della loro vagina che, quando nasce la vita, si apre, della nascita che squarcia la pelle fino alle urla. Mio nonno mi grida una seconda volta di aiutarlo. Lo guardo, terrorizzato, incapace di fare il minimo gesto. Dentro di me tuttavia qualcosa si muove. Non saprei dire cosa. Una specie di forza che, via via che sale, elimina la paura. A due passi, Raymond grida sempre più forte. Quell'improvviso desiderio che mi prende di salvare la mucca. Come se da lei dipendesse anche la mia vita. Mi vedo avventarmi, mi avvento e, senza più riflettere, con una rabbia antica miliardi di anni, infilo entrambe le braccia sotto quella cosa. Che però è talmente molle e gelatinosa che mi scivola dalle mani. Raymond mi supplica di fare attenzione. Il tessuto è fragile. Può strapparsi. Mi grida anche di fare veloce. Per tre volte proviamo, e per tre volte l'involucro appiccicoso mi scivola dalle mani. La quarta volta ci riproviamo e finalmente riesco ad afferrarla. È pesantissima, perdio! Tutto vacilla. Eppure quella forza dentro di me continua, e io mi ci aggrappo. Quella forza che irradia. Sotto il mio sguardo sbalordito, Raymond si mette a reinserire l'utero nel didietro della bestia. Poco alla volta, si infila senza sparire del tutto. Ci siamo riusciti. Raymond ancora non ci crede. Nella stalla, la bestia si alza e ci guarda. Fuori la notte è immensa. Sono pieno di sangue. Ho sete e terribilmente caldo.

34.

Non vuole che me ne vada, inventa mille pretesti per trattenermi scusandosi ancora di avermi assillato con la storia di suo padre. È così sola. Non è più abituata. Mentre va a scaldare il caffè, ripenso a Lisa. A cosa sarebbe diventata la mia vita senza la sua presenza al mio fianco. M'immagino in una casetta come questa. Le serate davanti alla finestra. La settimana al lavoro, parlando meno possibile. La vecchia torna con un vassoio con sopra un po' di frutta. Sarei finito come lei?

«Per caso sa qualcosa di caldaie? La mia gocciola e l'acqua non arriva bella calda».

La seguo nel bagno, capisco subito che si tratta di un problema di condotta incrostata.

«Mi serve il libretto, me lo può dare?»

«L'ho perso, ma mio nipote l'ha trovato con Internet sul telefono. Non ne ha uno come il suo?»

«Sì, ma devo metterlo in carica».

Arrossisce, imbarazzata.

«Se è troppo complicato me lo dica, chiamo il tecnico».

«Non si preoccupi, è il mio lavoro riparare macchine».

E poi sto così bene qui, a sentire addosso i suoi sorrisi che poco a poco mi riscaldano. Meglio. Mi tengono in superficie. E mentre mi metto a riparare la sua caldaia, ad ascoltarla mentre mi racconta quando ha avuto paura dei lupi, a cinque anni, che doveva attraversare il bosco per andare a scuola. Lupi di cui l'ultimo, mi dice, è stato ucciso dal mio bisnonno, il padre di Raymond. Sì, sto così bene qui con lei che, fin dalla prima occhiata, senza farmi la minima domanda, ha capito quanto ero allo stremo. Io, il nipote di Raymond, che guarda con amore. Vorrei abbracciarla per questo. Baciarla come un frutto.

«Credo che vada bene. La provi».

Apre il rubinetto, ci passa la mano per verificare la temperatura.

«Ci è riuscito».

E ora? Vorrei tanto rimanere con lei e il suo profluvio di storie che mi tengono al mondo. Prende la borsa.

«Quanto le devo?».

Aggrotto le sopracciglia.

«Ma no, ci mancherebbe, tra di noi!».

Mi guarda commossa.

«Va bene, allora le do un vasetto di paté per il viaggio. È fatto in casa. E le aggiungo un pezzo di pane».

In salotto, mi porge il telefono facendomi promettere di non andare troppo veloce, soprattutto in curva.

«Non si sa mai, tante volte ci fosse un trattore...».

Mi riaccompagna alla porta e apre. Subito entra un'aria caldissima. Perché non l'abbraccio se ne ho così voglia? Mi stringe le mani, ci si aggrappa un istante.

«Tornerà?».

Quella tristezza che ci cade addosso. Bisognerebbe stringerla per intero. Trovare il sentiero per le lacrime. Invece mi scosto. Alle spalle, la sento richiudere a chiave. Questa mia freddezza. La stessa di Guy?

Più mi allontano, più sprofondo sotto le coperte. Quanti cadaveri hanno trovato da quando me ne sono andato? Quante altre trincee nel loro giardino? Quanta terra rivoltata? Quanti genitori che vogliono aggredirmi? Forse non avrei mai dovuto lasciare la casa. Dov'è quella forza che, nella stalla, mi aveva liberato da ogni paura? Il furore del reale fa così male. Chi può tirarmi fuori di qui oggi? Entro in macchina, mi guardo intorno. Sono solo al mondo, di fronte al magma sanguinolento. Dentro forse. Piccolo vitello colpevole di tutte le morti vissute. Di tutte le morti a venire. Infilo la chiave. Non la giro. Chi può aiutarmi? Tu, Lisa? Per quanto ne so, hai approfittato della mia assenza per riprendere le tue cose e svuotare la casa. E allora chi, perdio? Chi, oltre ai morti, i cui occhi non si voltano di fronte alle mie lacrime di bambino? E, improvvisamente, quell'idea. Esco dalla macchina, corro in senso inverso. Il suo volto, quando mi vede, che si illumina.

«Ha dimenticato qualcosa?»

«Volevo sapere se è possibile andare a trovarlo».

«Ma chi?»

«L'eremita».

Mi guarda maliziosamente.

«Adesso?»

«Sì, dovrei parlargli».

«Ma certo, può provare. Ma fossi in lei mi porterei l'acqua e da mangiare, e un sacco a pelo o una coperta. Ce l'ha?»

«Una coperta sì. Ma per andarci come faccio?»

«Entri, le faccio un disegno. Vedrà, non è complicato, soprattutto per lei che conosce questa zona. Ne approfitterò per darle del pane che lascerà davanti alla sua porta, le dispiace?»

«Volentieri».

Mi sorride, misteriosa.

«Sono contenta che si sia deciso».

35.

Seguendo le sue indicazioni, taglio attraverso il bosco, per raggiungere in meno di quaranta minuti la cima della prima collina. Lassù la vista è così limpida che riesco a distinguere all'orizzonte le forme azzurrine dei vulcani d'Alvernia. Percorro con lo sguardo i dintorni cercando la linea dell'alta tensione che la vecchia mi ha disegnato, la scopro, più lontano, in basso. Scendo di corsa il pendio della conca e raggiungo con il fiato in gola il primo pilone, che supero per infilarmi di nuovo nel bosco. Nemmeno uno sparo da quando sono partito. Però devo stare in guardia. Da queste parti i cacciatori non si aspettano di trovare escursionisti: al minimo movimento sospetto hanno il grilletto facile. Percorro la stradina sterrata, finisco alla casa abbandonata e, sempre seguendo il disegno, affronto la seconda cima salendo dalla conca, alla mia destra. Questa salita si dimostra molto più ardua della prima perché le ginestre hanno riempito ogni spazio tra i giovani abeti. Anche se mi proteggo le braccia, le spine mi lacerano dappertutto e mi si ficcano nella pelle facendomi venire voglia di mollare. Da quanto tempo la vecchia non fa questa strada? Per fortuna trovo degli escrementi di cinghiale di cui mi metto a seguire le tracce. Dopo qualche metro i rovi si aprono per sbucare nel bosco, dove ritrovo con gioia l'ombra degli abeti, la morbidezza dei loro ramoscelli sotto i piedi: un tappeto vellutato che assorbe tutto. Arrivato in alto, percorro la seconda conca quasi inebriato. Sicuramente questo eremita mi darà finalmente delle risposte. Saprà consolarmi.

«È un chiaroveggente, come l'altro. Un uomo posseduto».

«Posseduto?»

«Posseduto da Dio, vedrà».

Più in basso c'è lo stagno dove nessuno va più da quando una quercia, cadendo, ha chiuso l'unico sentiero di accesso. Mi stendo nell'erba per riprendere fiato e approfittare della bellezza del cielo che è già virato all'oro. Sopra l'acqua tutto fiammeggia. Mi rialzo e riparto a grandi falcate, più fiducioso che mai. Secondo la mappa non sono lontano. Prendo la strada abbandonata e subito dopo la quercia devio a sinistra per infilarmi di nuovo nel bosco. Da qui in poi è tutto a est, tutto dritto, per almeno un chilometro. Saprò presto se mi sbaglio perché più in là c'è il campo militare che si stende per più di seimiladuecento ettari. Per impedire ogni intrusione, dei pannelli «pericolo» e «divieto di accesso» avvisano i passeggiatori ogni trenta metri. L'eremita ha scelto bene il suo posto. Eccetto una o due volte l'anno, il campo rimane per tre quarti deserto. C'è raramente gente qui.

Attraverso le cime, il sole scende lentamente, schizzando di raggi i muschi e i licheni. Più vado avanti, più il bosco s'infittisce. La luce, sempre più stretta, spruzza ostinata formando sui tronchi, sul sottobosco e sulle felci innumerevoli lampi che mi fanno pensare alla bellezza di un paesaggio da sogno. Dopo qualche vagare, mi sembra di intravedere un pezzo di muro attraverso le foglie. Procedo con prudenza, con il timore di spaventare quell'uomo. Appena prima che la lasciassi, la vecchia ha insistito:

«Faccia meno rumore possibile e soprattutto non si metta a chiamare o peggio a bussare alla porta».

«Ma come faccio per dirgli che sono lì?»

«Lui lo sa quando viene qualcuno. Non so come, ma lo sa. Quando è lì, deve solo aspettare».

«E se non esce?»

«Uscirà. Ma a volte può essere lunga».

«Lunga quanto?»

«Lunga quanto decide lui».

«E se non c'è?»

«C'è sempre».

«Non se ne va mai?»

«No».

«Ma... come fa per mangiare?»

«Non lo so. Nessuno lo sa. Del resto quell'altro, il vecchio che Raymond ha conosciuto, era uguale».

Faccio ancora qualche passo evitando di pestare rami e foglie secche. Finalmente la casupola si staglia davanti a me con la sua porta traballante e le sue vecchie mura di pietra coperte di rovi e di agrifoglio. È davvero dentro? Mi avvicino ancora, ma non sento alcun rumore. Nemmeno quello del respiro. Rimpiango d'improvviso di non avere fatto più domande sull'argomento. Dovrò farmi il segno della croce prima di parlargli? Inchinarmi? Inginocchiarmi? E se vuole che reciti una preghiera? Non me ne ricordo nemmeno una, nemmeno il Padre Nostro. Quanto tempo durerà la nostra conversazione? Dovrò pagarlo? Il cielo, attraverso l'intrico dei rami, prende un colore infuocato. Tiro fuori il pane dalla borsa, lo poso più discretamente possibile davanti alla sua porta. Mi ha sentito? Forse dovrei aggiungere la mia bottiglia d'acqua? La terra è crepata qui e là. Esito e finisco per rinunciare. Quell'uomo potrebbe prendere male il fatto che la bottiglia è di plastica.

La sera cala lentamente. Decido di tornare al belvedere di cui mi ha parlato la vecchia e che un tempo serviva da avvistamento ai cacciatori.

«Se il sole è tramontato, può andare a dormire lì».

«Ma se decidesse di uscire in quel momento?»

«Non succederà. Non esce mai di notte».

Dopo nemmeno trenta metri lo trovo. Per arrivarci bisogna salire una lunga scala con i pioli spezzati qua e là. Lassù una semplice tettoia mi serve da copertura. La vista è limpida e fa un po' più fresco. Ho poggiato la borsa sulla piccola piattaforma, srotolo la coperta, mordo un pezzo di pane mentre le prime stelle perforano il cielo. Da domani tutto sarà riparato. L'uomo ha già fatto miracoli. La vecchia me l'ha detto. Una sua parola e la vita di prima, oltre ogni delitto, potrà riprendere il suo corso, a condizione ovviamente di offrire ceri ai santi e alla Vergine. Cosa che farò, e anche di più se lui lo chiede.

Ho così bisogno di sentire la pelle di Lisa addosso a me, la curva calda e morbida dei suoi fianchi. Ha finalmente capito quanto la amo da sempre?

La notte, dolcemente, s'impadronisce del mondo. Sono così vicino alla meta. Vorrei quasi ridere improvvisamente.

36.

Sono tornato già all'alba, con il cuore in subbuglio. Davanti alla porta il pane era scomparso, quindi c'era. Mi sono seduto di fronte all'ingresso della casupola appoggiandomi al tronco di una quercia e, pieno di speranza, ho atteso.

Adesso il sole è alto. Nel bosco fa così caldo che ogni vita pare sospesa. Gli uccelli non si muovono. Gli insetti si rintanano. Anche se alzo la mano non sento il minimo alito di vento. Non ho più acqua, ho sete, lo stomaco brontola. L'eccitazione delle prime ore lascia il posto a una crescente impazienza. Cosa aspetta a parlare con me?

È ormai passato mezzogiorno. Più si prolunga l'attesa, più questo posto mi pare ostile. La terra è esangue, priva di qualsiasi umidità. I rovi e i rami sono dappertutto contorti, intricati. Sotto la cruda luce le loro ombre, a terra, sono quasi mostruose. Cosa vuole, alla fine? Non vede che comincio a sentirmi male?

Verso le quattro o forse le sei del pomeriggio - ho perso la nozione del tempo - finisco per assopirmi quando un rumore mi fa alzare la testa. È lui. Vedo la sua ombra e poco dopo, quasi folle, il suo profilo, con gli occhi sporgenti, i capelli irsuti, la pelle completamente sporca, i gesti disarticolati, i brandelli della sua tunica. Mi risollevo, inorridito. Non ho mai visto un uomo così rivoltante. Scappare? Troppo tardi. Arriva dritto su di me e nella mia mente tutto si confonde. Quell'aria rabbiosa con cui mi fissa. Da dove cominciare di fronte a una tale demenza? Ritrovare rapidamente il filo della mia storia. Guy, le ragazze, Lisa, la casa... Ma non ho ancora aperto la bocca che lui solleva il braccio verso la luce delle cime. A bocca aperta, lo guardo cercare di articolare una prima frase, quando d'improvviso il suo braccio, la sua mano, a una velocità che non capisco mentre cerco di ritrovare le parole, quelle del caos, del sangue e di sotto le coperte, il suo braccio, la sua mano... improvvisamente immense, sferzano l'aria. Ma insomma, cosa... mentre a meno di dieci centimetri i suoi occhi feroci mi fissano e, completamente inebetito, vedo il suo braccio... a una velocità che... abbattersi e colpirmi con una temibile forza.

«Era tempo alla tua età che tu capissi che le tenebre esistono!».

No ma, cosa... Solleva di nuovo il braccio. Dall'altra parte, questa volta. E mentre cerco di capire. Solo capire. E anche reagire. Trovare forse lo spazio per urlare. Vedo di nuovo il suo braccio, la sua mano, sferzare l'aria. Furibondo. Folle. Fino alla mia altra guancia.

«Sappi che la luce ha già vinto! E ora, vai».

Si volta indietro, entra nella casupola, chiude la porta dietro di sé. Rimango solo, allibito.

Le guance in fiamme.

37.

Limite di velocità a settanta chilometri orari. Spingo il pedale. Due schiaffi. Ma chi si crede di essere e con che diritto? Quell'altro intanto, mio figlio, a stupirsi davanti agli elefanti selvatici. E poi che luce. Che cazzo di luce mentre il pianeta sta morendo di fronte ai nostri occhi e gente come Guy fa a pezzi le ragazzine. Ma chi crede di prendere in giro? Come se fossi andata a cercarmela, questa ignominia? Come se l'avessi voluta! Era per punirmi di essere stato suo amico, giusto? E la clemenza dov'è? L'amore di Dio? La sua cazzo di misericordia infinita? Non l'ho proprio vista, questo è certo. Le ragazzine che urlavano. I loro corpi che marciscono avvolti nei nostri lenzuoli. Centoquaranta chilometri l'ora sul tachimetro. Perché non gli ho reso gli schiaffi? Anch'io avevo la mia pena. Solo la mia pena. Due schiaffi! Se è così che il tuo Dio si occupa degli uomini. Avrei dovuto forzare la porta della tua casupola, trascinarti fuori e... Come se la luce avesse già... Ma cos'hai al posto degli occhi? Con Guy non chiedevo granché. Solo un amico, quando avevo appena perso Abdane. E da quando è proibito chiedere cose simili? Due schiaffi! Quando penso che Lisa avrebbe potuto essere con me. E allora cosa avresti fatto? Avresti picchiato anche lei e le avresti detto le stesse stronzate? Già vinto, hai detto? Le ragazze sono morte! Mio figlio invece non smette di sorridere e Lisa, di punto in bianco, se n'è andata via con qualcuno. Sì, di sicuro, con uno che rispetta le regole della sicurezza stradale e che non fa morire tutto intorno a sé! E poi la vecchia con le persiane chiuse quando torno. Morta anche lei? Andarsene, più veloce possibile. Dovunque. Perché qui tutto sta bruciando. Cazzo di riscaldamento climatico. Che mi è preso di obbedire a Valérie? Come se non ci fossero già abbastanza stronzate nel mondo. Avrei dovuto rifiutarmi di lasciare la fabbrica e tanto peggio per i ragazzi che non amano i miei modi. Rimanere per sempre in casa. Tornare per camminare sempre sulle rive dell'Aune.

Nel regno delle libellule.

Come aveva potuto la vecchia? Per punirmi, anche lei? Ma allora fin dove arriva la punizione? La strada sempre molto dritta. Da entrambe le parti, deserti industriali. In ogni modo questo mondo presto non ci sarà più. Non ci sarà più, capito eremita? Questo mondo in cui vado senza sapere dove andare e in cui monta la mia furia. E non solo la mia. Quella dell'umanità. E in cui, con questa furia, ti maledico mentre vengo a sapere dalla radio che in Siria è stato bombardato un campo di rifugiati e che in un mattatoio, in America, delle mucche troppo deboli per stare in piedi hanno avuto il muso fracassato a terra dagli stivali dei macellai, che hanno dovuto insistere a lungo prima di riuscire a ucciderle.

Chi fermerà quest'orgia di sangue?
Quest'orgia che m'inghiotte
E che io stesso ho fomentato?

38.

Paesaggio di pianure che si aprono a perdita d'occhio. Guido da un tempo che mi sembra infinito. Dove siamo? E perché non sei con me, Lisa?

«Thierry?».

Volto la testa, lo scopro, sbalordito.

«Abdane?».

Lui si mette a ridere.

«E te? Chi vuoi che sia?».

Mi guardo intorno. Sono nel cortile della fabbrica in cui, da stamattina molto presto, stanno intervenendo sul martinetto idraulico di una pressa timbratrice. È una macchina enorme che pesa circa cinquecento chili. Appena arrivati, il padrone ci ha messo pressione. Se ha chiamato una ditta esterna è per avere un risultato: è nostro interesse fare veloce. Dopo aver sistemato le barriere di sicurezza, installato il nostro girofaro, staccato il parafuoco e la parte ad alta pressione della macchina, ci siamo messi a smontarla. Un bel paio di maniche visto il peso della lamiera. Ci vorrebbe tempo. Molto tempo. Per pranzo ci siamo trovati in un ristorante fuori. Dovevamo stare soli per distenderci. Il padrone non ha proprio idea della difficoltà del nostro intervento. Ci trova lenti e urla perché ha dovuto rifilarci uno dei suoi ragazzi per manovrare la roba pesante. Ci stiamo rimettendo al lavoro quando mi suona il telefono. È quello della fabbrica di stufato che mi chiede un parere per telefono. Una delle sue pompe si è fermata, non sa come risolvere il problema. Dico ad Abdane che ne avrò per un minuto. Annuisce, sorridendo. Al telefono, quello mi passa il capo della produzione, a cui spiego cosa fare per risolvere il problema e far ripartire la pompa. Mi risponde che non è un tecnico e che non è abilitato... Ho a che fare con un fifone, comincio a spazientirmi. Abdane mi fa segno che va avanti. Assento con la testa e lo vedo sparire. Non so quanto tempo mi ci vuole per convincere quello a premere quel maledetto pulsante. Due minuti forse. Centoventi secondi. E d'improvviso quell'urlo che lacera l'aria e mi gela il sangue. Al telefono l'uomo mi chiede cosa succede. Senza rispondergli, mi metto a correre come un pazzo verso la sala macchine. Vedendo il martinetto rovesciato mi si ferma il cuore. Quella pozza di sangue per terra. Le mie orecchie non sentono più. Eppure le urla si alzano da tutte le parti. Pietrificato, procedo con gli occhi fissi sulla pozza, poi subito dopo su quel corpo, quello del mio amico, Abdane... Schiacciato a terra. Mi inginocchio accanto a lui, urlo di far venire un muletto per liberarlo.

«Abdane? Abdane, rispondimi!».

I suoi occhi non si aprono più. Allora mi risollevo e cerco di alzare il martinetto da solo. Arrivano altri ad aiutarmi. Ma come si fa a smuovere mezza tonnellata in dieci! Per terra, la macchia di sangue si estende. M'inginocchio di nuovo, mi aggrappo a lui.

«Abdane, ti prego, non morire».

Il padrone, così arrogante fino a poco fa, cerca in lacrime di farmi indietreggiare balbettando una specie di spiegazione. Secondo i testimoni, il mio collega si sarebbe messo al lavoro senza aspettarmi quando la sua tuta si è impigliata in una vite. Per liberarsi, ha fatto un movimento brusco che ha fatto saltare una delle zeppe su cui poggiava il martinetto... Sirene in lontananza. Non voglio più ascoltarlo. Perché ho risposto a quella chiamata? E perché, in cortile, ti ho lasciato andare via, Abdane?

In macchina, fisso la strada, lo sguardo vuoto, fino a quel primo spasmo, seguito da un altro, poi da un terzo. Ben presto il mio corpo è talmente scosso che sono costretto a fermarmi sul ciglio della strada. Mi cola il naso. Tremo. Lisa, dimmi che hai chiamato. Cerco in tasca il telefono. Lo apro, faccio scorrere i numeri delle chiamate. Quindici di mio fratello, sette di Bretan, quattro delle mie cognate... Non voglio crederci. È così tanto che sono partito. Faccio scorrere i nomi una seconda volta. Niente. Nemmeno un sms per dirmi che mi pensi. Ennesima convulsione. Guardo il cielo, abbasso la testa. Qualcosa mi scorre lungo la faccia. Alzo lo sguardo verso lo specchietto retrovisore, rimango un attimo indeciso di fronte a quello che scopro. Una lacrima? Mi avvicino allo specchietto. Una lacrima, sì, uscita dall'occhio destro e che scende molto lentamente fino alla commessura delle labbra. Da quanto tempo non mi succedeva? Quaranta, quarantacinque anni? La raccolgo con l'unghia, la faccio scivolare sulla pelle del dito. È così rotonda e perfetta. È che non sono affatto morto. C'è ancora qualcosa di vivo in me. Schermo del telefono che si illumina. Finalmente tu? Vorrei tanto che tu la vedessi. Ma per l'ennesima volta è ancora lui, mio fratello.

«Ma che hai, che mi chiami in questo modo?»

«Volevo solo sapere come stavi».

«Così, d'improvviso?»

«Sì».

«Certo... Vuoi dei dettagli come tutti gli altri!».

«Che dettagli?»

«Cazzo, Stéphane, quanto tempo è che non chiedi mie notizie?»

«Dove sei?»

«...»

«Vieni, dobbiamo dirci delle cose».

«Allora è per questo, per dirci delle cose!»

«Vieni, ti dico».

«Sai cosa? Ci dovevi pensare quando te la sei svignata lasciandomi con la mamma».

«Thierry...»

«Vaffanculo! Andate tutti a fanculo!».

Strada dritta. Accelero. Richiama di nuovo. Ma io voglio Lisa. Lisa non mi ha nemmeno degnato di lasciarmi un messaggio, come se per lei fosse già chiusa. Una parola, cazzo, cosa le sarebbe costato? Mentre tutto in me trema alla sola idea di perderla e il mio fratellino rompipalle richiama per la terza volta.

«Puoi lasciarmi in pace?»

«Vieni».

39.

Ha sempre amato il Sud, e soprattutto il mare. Io no: i grandi spazi mi opprimono. Non ha smesso di viaggiare e ha anche passato gran parte della sua vita all'estero, mentre da parte mia non c'è niente che amo più che starmene tranquillo a casa mia. Viene da chiedersi cosa faccia di noi dei fratelli.

Sono le due di notte quando arrivo. Il cancello è aperto. Da una parte e dall'altra del vialetto, il profumo potente dell'alloro mi colpisce e mi avvolge. In fondo, nella penombra, finalmente distinguo i contorni della sua casa, che mi appare grande il doppio di quanto mi ricordassi. Al primo piano si accende una luce, poi quella della vetrata del piano terra, che mi fa scoprire, all'interno, una piscina enorme. Di fronte a un tale lusso mi sento già fuori luogo.

«Hai bisogno di aiuto?».

Mi volto e scopro che mi sta di fronte. Più alto e più largo di me. Più vecchio anche. Dovrei ringraziarlo di essere rimasto sveglio fino a quell'ora. Invece scruto la montatura in metallo azzurro super alla moda dei suoi occhiali. I suoi capelli grigi perfetti. La sua pelle liscia, abbronzata. Mi dà un'amichevole pacca sulla spalla.

«Sono felice di vederti».

Io non lo so. Non lo so più.

«Hai solo una borsa?»

«Sì».

Allunga la mano per prenderla, gli dico che va bene così. Mi sorride, indica la piscina.

«Hai visto?».

Annuisco in silenzio.

«Domani puoi fare un bagno. Vedrai. L'acqua è deliziosa».

Come se fossi venuto per quello. Sto per andarmene via. Se ne accorge e mi chiede scusa.

«È passato così tanto tempo, non so da dove cominciare. Ti sistemo la camera e domani parliamo, ok?»

«Ok».

Quando mi sveglio, mi ci vuole un bel po' per capire dove sono. La camera è così spaziosa. Uno schermo ultrapiatto ricopre la quasi totalità della parete che ho di fronte. Mi alzo, un po' stordito, mi metto la vestaglia di cotone spesso che si è preso cura di lasciarmi insieme all'asciugamano da bagno e al sapone ancora avvolto nella carta di seta. Tutto questo sfoggio. Mi sento già stanco. In bagno, parte una musichetta quando accendo l'interruttore. Anche qui, sistemati su due lavandini, uno spazzolino, un tubetto di dentifricio, un pettine e un paio di forbicine da unghie, tutto di marca e perfettamente nuovo, come se ancora prima di ritrovarci dovessi integrarmi nel suo successo. Dopo la doccia, me ne vado. Ho deciso.

«Aspetta, non era per umiliarti. Rimani. È troppo stupido».

«Non puoi nemmeno immaginarti cosa sto vivendo, quindi la tua piscina e i tuoi saponi da hotel...»

«Cazzo, Thierry, ho solo cercato di fare il possibile. E poi anche a me è successa una cosa strana».

I suoi grandi occhi scuri che mi guardano, in fondo ai quali da bambino mi sentivo così protetto. Perché non è mai tornato?

«Lascia solo che ti racconti. Poi te ne vai...».

Quella sorta di supplica nella sua voce, la stessa di Bretan in macchina, che quando volevo andarmene aveva afferrato il mio braccio sussurrandomi «rimanga», come se anche lui stesse per annegare.

«D'accordo? Dimmi che sei d'accordo».

Annuisco, anche in questo caso, senza sapere esattamente perché. La forza del suo sguardo forse, e il fatto che mi è mancato così tanto. La sua profondità anche, nonostante il kitsch della sua piscina.

«Era una grande città africana. Comandavo un distaccamento di forze speciali la cui missione era raccogliere informazioni. C'era appena stata una guerra terribile. Con i miei uomini, dovevo cercare di prendere il criminale di guerra che aveva ordinato massacri di massa di civili assicurandomi che nessuno, nei paraggi, cercasse di scatenare un nuovo conflitto.

Erano diversi mesi che ero lì. Ogni giorno raccoglievo più informazioni possibile incontrando vari contatti. Tra loro c'era un certo Félix, che mi piaceva molto. Erano più di tre mesi che ci vedevamo due o tre volte la settimana. Era molto più giovane di me. Ci ritrovavamo sempre nello stesso bar, per bere ovviamente - l'alcool scioglie la lingua - ma anche per giocare a scacchi. Fin da bambino lui adorava quel gioco, ed era molto bravo. Mi faceva rabbia che un ragazzo così non avesse potuto andare a scuola. Gli erano morti i genitori e, come molti orfani, se l'era cavata tra la strada e l'elemosina di qualche zio lontano. Quando mi è stato presentato, aveva appena comprato una baracca alla periferia della città in cui, mi aveva confidato ridendo, un giorno avrebbe fatto vivere le sue future quattro mogli. Per riuscirci, moltiplicava il lavoro improvvisandosi parrucchiere, garagista e perfino sarto. Adoravo la sua finezza di spirito e il suo humour. Anche lui apprezzava me. Per provarmelo, mi passava eccellenti informazioni, una delle quali ci aveva permesso di arrestare un gruppetto di ribelli che fomentavano un colpo di Stato...»

«Aspetta, che cosa mi stai raccontando?».

Mi guarda.

«Non mi sono mai accorto che faceva il doppio gioco. Mai, Thierry. Eppure, credimi, sono uno dei più esperti al mondo sulla questione. Quando la notizia mi è piombata addosso, non ho voluto crederci. Félix era il celebre sanguinario che tutti cercavamo? Era uno scherzo. Il video nel telefono che un anonimo aveva infilato nella tasca del giubbotto di uno dei miei soldati fugava ogni dubbio. Si sentiva la voce di un uomo che corrispondeva in tutto e per tutto a quella di Félix. Una voce che dava l'ordine di massacrare più di cento contadini terrorizzati. Per primi i bambini, per far soffrire le donne. Poi i vecchi. Poi i mariti e alla fine le donne, dopo averle violentate. Unico problema, lo stronzo che proferiva quegli ordini non appariva mai nel video. Quindi non potevamo essere certi che si trattasse di Félix».

Resta un attimo in silenzio.

«E cosa hai fatto?».

Alza le spalle, pensieroso.

«Ho continuato a incontrarlo come niente fosse».

«Perché non l'avete arrestato?»

«Perché se ci eravamo sbagliati, il nostro vero obiettivo sarebbe fuggito».

«Ed era lui?».

Di nuovo i suoi grandi occhi su di me. Così larghi e tristi.

«Secondo te perché ti racconterei questa storia?».

Me lo immagino in quella bettola, in quel posto, mentre parla con Félix e beve con lui con quel dubbio interiore.

«Come l'hai saputo?»

«Indagando con estrema attenzione. Criminali così hanno una rete enorme sul territorio. Si curano di formare quattro e a volte cinque cerchie che impediscono qualunque accesso alla loro intimità. Con i miei uomini mi sono messo a studiare le sue minime abitudini. Più andavamo avanti, più osservavamo un cambiamento nel comportamento di quelli che lo conoscevano».

«Che cambiamento?»

«Intorno a te, un numero sempre crescente di persone che consideravi affidabili si mettono a mentirti e cercano di imbrogliare le carte. Un giorno Félix non è più venuto al bar. Probabilmente si era accorto che procedevamo spediti. Era così. Ormai sapevamo dove abitava e avevamo un'idea sempre più precisa di chi formava il suo entourage. È in quel momento che è crollato tutto. Intuendo la minaccia imminente, ha deciso di anticiparci prendendo in ostaggio quattro giornalisti: due americani, un francese e un'inglese. Ancora non so se è per rappresaglia personale, per paura o per dimostrarci la sua forza, ma appena trasmessa l'informazione ha giustiziato la giornalista inglese, con tanto di video, minacciando di giustiziare gli altri entro dodici ore. Quella giornalista la conoscevo bene. Due anni prima avevamo avuto una storia in Ciad, e ci eravamo appena detti che avremmo potuto ricominciare. Aveva diciotto anni meno di me. Era intrepida, arguta, superbamente intelligente. Forse è l'unica donna che ho sia amato che ammirato. Si chiamava Jesse. Avrei quasi potuto pensare di finire la mia vita con lei».

«L'aveva uccisa davvero?»

«Sì. Ma comunque, vista l'urgenza della situazione, non avevo diritto di pensare a lei. Rimanevano in vita tre ostaggi, dovevo concentrarmi su di loro. Visto il termine, non avevo tempo di far arrivare forze dalla Francia. Quindi eravamo io e il mio distaccamento a doverci precipitare in azione, cosa che rischiava di farci beccare dalla gente. E tutto, chiaramente, agli ordini di Parigi».

Guarda la tazza, si serve del caffè, improvvisamente fragile.

«Non ti sto annoiando, vero?».

Tutta quella vita che scopro in lui. Scuoto la testa. Lui chiude gli occhi, fa un lungo respiro.

«Quando Parigi mi ordina di agire, tutto va molto veloce. Ho al massimo sei ore per trasmettere tre o quattro opzioni di intervento. Dopo averle ricevute, i miei capi selezionano quella che gli sembra la migliore. Per quella operazione mi servono un elicottero, un drone, un aereo di pattuglia marittima e un caccia pronto a un'ora di distanza. In questo caso non sono solo con i miei uomini, ma vuoi che entri in questo tipo di dettagli?»

«Continua, ti ho detto».

«La regola vuole che nella maggior parte dei campi militari convivano diversi corpi d'armata. In quello si trattava soprattutto di corpi d'armata italiani, inglesi e americani. Mi sarei appoggiato alle loro strutture. Nel nostro gergo le chiamiamo strutture J. La J1 gestisce il personale. La J2 le informazioni. La J3 gestisce le operazioni, la J4 la logistica...».

«Condividete tutte le informazioni?»

«No. Ognuno fa di tutto per dire il meno possibile».

«E poi?»

«Con i miei uomini, analizzo lo scenario dell'azione nei minimi dettagli, poi decidiamo chi deve fare cosa. Dopo, ognuno torna a sistemarsi l'equipaggiamento: casco balistico, giubbotto antiproiettile, arma bianca, fucile, cannocchiale infrarossi. Sono passate circa sette ore dall'esecuzione di Jesse e posso stimare che siamo pronti a partire. Però devo aspettare un nuovo via libera dall'Eliseo. Per quanto ne so potrebbe essere spuntata qualche trattativa di cui non ho notizia sulla liberazione dei tre ostaggi».

«E in quel caso devi abbandonare?»

«Sì, certo».

«Anche se ha ucciso la donna che amavi?»

«Sono agli ordini dello Stato, Thierry. Appena ricevuto il sì dall'Eliseo partiamo in convoglio con veicoli mimetizzati. L'idea è quella di avvicinarci alla casa di Félix prima possibile pur restando fuori portata. Parliamo di una distanza di cinquecento metri. Da lì, si passa all'infiltrazione immediata. Scendiamo dai veicoli e cominciamo ad avvicinarci a piedi attraverso le stradine del quartiere. Nonostante l'ora tarda, incontriamo gente con cui, due o tre giorni prima, abbiamo parlato e scherzato. Sono ancora amici? Più andiamo avanti, più cresce la paranoia. Quel ragazzo a cui ieri ho dato delle caramelle, a chi sta telefonando? E quella donna che agita le braccia? Un segnale? Tanto più mentre raccoglievamo informazioni di giorno c'era una bella atmosfera, quanto più di notte, quando a duecento metri da noi c'è il sequestratore di ostaggi, tutto diventa ostile e opprimente. Mi sembra che la gente capisca che non hanno interesse a mettersi di traverso sui miei passi perché senza esitare userei la violenza. E che importa se ieri sono stato a trovare la loro famiglia, ho bevuto con loro? Se devo sparare, sparerò, perché la mia unica missione è liberare gli ostaggi. Sotto il casco ho molto caldo. Il mio equipaggiamento pesa una tonnellata. Faccio di tutto per non pensare a Jesse. La mia attenzione e la mia pressione arteriosa sono al massimo. Nel mio campo visivo, chiunque diventa un potenziale nemico. Quando raggiungo la zona dei cento metri, fermo tutti e verifico, via radio, che i veicoli mimetizzati, l'elicottero, il drone e il caccia siano al loro posto. Allora avviso Parigi che tutto è pronto e, per l'ultima volta, aspetto il loro via libera. A questo punto, il pericolo è tale che è molto difficile ricevere un contrordine. Superato quel limite, so che dovrò andare fino in fondo. Da questo momento in poi non ci sono più criminali di guerra, non c'è più Jesse, non c'è più giustizia, non c'è più barbarie. Le strade non esistono più. Non sono più in Africa. Non sono in nessun posto. Nella mia testa l'azione prende ogni spazio, ripeto instancabilmente il gesto tecnico che mi hanno insegnato negli anni. Da qualche parte, è come se mi infilassi in un tunnel dal quale niente e nessuno deve farmi uscire finché non avrò recuperato gli ostaggi. Tutto il resto non esiste. Con i miei uomini, ci avviciniamo alla casa e appena prima di raggiungerla faccio saltare l'elettricità del quartiere. È in quell'istante che decidiamo di far saltare la porta e di entrare. Una volta dentro, ognuno esegue la sua missione. Io mi concentro sulla scala, un altro sul corridoio del piano terra, un terzo su quella finestra, un quarto su quella porta del primo piano. L'idea è quella di approfittare al massimo dell'effetto sorpresa per paralizzare e poi arrestare l'avversario. In quello scenario Félix, in meno di trenta secondi, si ritrova improvvisamente al buio, con un baccano del diavolo e quindici uomini che irrompono dentro. Grazie alle informazioni di routine, sappiamo che ha solo cinque uomini con sé. Dopo un minuto di combattimento ravvicinato li neutralizziamo tutti».

«Non sparate?»

«Mai, se non è indispensabile».

«Riconosci Félix?»

«Sì, sono addirittura io a prenderlo».

«E?»

«E niente, perché come ti ho detto, la sola cosa a cui penso sono gli ostaggi».

«Non gli fai niente?»

«Gli ostaggi, Thierry. Solo gli ostaggi. Troviamo rapidamente i tre e poi il corpo di Jesse in una stanza del sottosuolo. Una pallottola in testa e questo in qualche modo mi solleva. Temevo che si fosse divertito a torturarla. Li tiriamo fuori dalla casa e procediamo a un rapido controllo di identità, poi li facciamo salire su un veicolo blindato che parte dopo una nuova ispezione di ogni angolo della casa. Non si sa mai. Magari Félix tiene prigionieri altri ostaggi. Da quel momento considero compiuta la missione, e questo anche se un nuovo pericolo dovesse mettere a rischio i miei uomini. Nel nostro gergo la chiamiamo la seconda onda».

«Arriva?»

«No. A quanto pare Félix non aveva previsto una tale rapidità di intervento. Dopo aver mappato il terreno, lo faccio montare nel veicolo con i suoi sbirri e partiamo. Non abbiamo percorso nemmeno cento metri che veniamo intercettati da una folla. Con che diritto prendiamo quell'uomo? Chi siamo? Cerco di parlamentare, il tono sale. Qualcuno finisce per lanciare una pietra. Una decina di uomini lo imita. Allora do l'ordine di forzare il passaggio. La folla, furiosa, si sposta. È solo quando raggiungiamo il campo che mollo la pressione».

«Ma... Félix?»

«L'ho messo al fresco».

«Non vai a trovarlo?»

«Per dirgli cosa? Che è disgustoso aver ucciso Jesse quando ne ha uccisi centinaia?»

«Non lo so. Per parlarci».

«In questo caso, sai, ce l'ho soprattutto con me stesso...».

Volta la testa, rimane in silenzio per un lungo istante.

«Avresti dovuto vederla sul campo, quella ragazza. Non aveva paura di niente...».

I suoi occhi tornano su di me con un sorriso triste.

«Sono sicuro che ti sarebbe piaciuta».

È la coerenza del suo racconto, il suo dolore così vicino al mio, la sua sagoma imponente in procinto di piangere? Non saprei dirlo né spiegarlo. Ma d'improvviso lo abbraccio e gli perdono tutto.

40.

Questa irruzione della luce. Vorrei non muovermi, godermi ancora e ancora la gioia di questo ricongiungimento con mio fratello, nuotare per sempre nelle acque azzurre della sua presenza.

Ma la notte immediatamente si precipita: Bretan. Più di venti messaggi. Venti! Nonostante l'ampliamento della perlustrazione, il corpo della piccola Selima rimane introvabile. Com'è possibile, se hanno trovato gli altri? Lo prendo in giro per caso? Tutti, e anche quello di una nuova vittima. L'informazione è stata data a ripetizione in televisione. Invece nessuna traccia di Selima. Guy, dopo tutto quel tempo, che non aveva ancora allentato il morso, tranne per sputare che «quella piccola stronza stava per scappare come l'altra che gli aveva rotto il vetro...».

Mi sento crollare.

«L'altra?»

«Ma li ascolta i miei messaggi? Il vetro che ha riparato

a casa di Guy, era stata la piccola Violine. Aveva cercato di scappare».

Il muggito dell'onda. Le sue acque furiose.

«Ma come fa a esserne certo?»

«Cazzo, Thierry, che ce l'ha a fare un telefono? Le ho spiegato tutto! Abbiamo trovato diversi pezzi di vetro macchiati del suo sangue in giardino».

Infilare le dita nella sabbia, aggrapparsi ai sassi, alle alghe, a qualunque cosa. Il vetro era così pesante. «Non ti dispiace aiutarmi a ripararlo, sicuro?». «Ma no, Guy, mi fa piacere». «Sei così gentile. Mi sdebiterò». Mio fratello, già così lontano, che mi chiede, a cenni, cosa non va. Bretan al telefono che continua la sua litania, e io, così violentemente risucchiato, «una ventata e crac, si è rotto, no guarda ti dico, bisognerebbe fargli causa a questa gente!».

«Thierry, è ancora lì?».

La mia voce. Vuota.

«La piccola Violine era ancora viva quando ho aiutato Guy?»

«Sembrerebbe di no».

«Sembrerebbe?»

«Non è facile dirlo. Non possiamo essere sicuri al cento per cento».

Ma allora, quando...

«Thierry, è della piccola Selima che voglio parlarle. Si ricorda quella famosa notte in cui delle urla l'hanno fatta svegliare? Era lei, e non la cagna, come sosteneva lui».

Fatico a riprendere fiato.

«Le urla di una ragazzina, no, non è possibile, me ne sarei accorto».

«Era molto tardi, si era appena svegliato. Una ragazzina da quelle parti a quell'ora, era impensabile, Thierry».

«Si rende conto di cosa mi sta dicendo?»

«Questo fa di lei un testimone prezioso e io ne ho bisogno. Potrebbe essere qui domani, di buon'ora?»

«Domani?»

«Faremo una ricostruzione dell'omicidio di Selima. È un momento importante da cui ci aspettiamo molto».

Guardo mio fratello, la sua inquietudine sul volto. Riprendo il telefono.

«Sono costretto a venire?»

«Siamo tutti stanchi del silenzio di Guy. Il semplice fatto di costringerlo a tornare sul luogo del delitto, di rifare i gesti del suo crimine di fronte ai genitori della vittima può farlo cedere, e magari anche il rivedere lei. Le ha mentito così spudoratamente».

«...»

«Sarà l'unica volta in cui potrà rivederlo, e senza dubbio le darà l'occasione di sentirsi utile».

«Io... non lo so».

«Noi saremo lì alle otto. L'aspetto».

III

41.

Vedendo la mia macchina, i giornalisti accorrono senza avere però il coraggio di avvicinarsi. L'ultima volta ho accelerato così pericolosamente.

Dopo una barriera impressionante di poliziotti, scopro in lontananza, nella discesa, il loro piccolo gruppo riunito sul retro del giardino di Guy. Quando mi vede, Bretan mi si precipita subito incontro.

«È qui. Fantastico. Pensavo che non sarebbe venuto».

«Ho il tempo di farmi la barba? Ho guidato tutta la notte».

«No, sta arrivando, è meglio che lei sia già qui».

Volto la testa, scruto il vialetto. L'ultima volta che l'ho visto, stava riparando il suo furgoncino. Vuoi una mano? No, ce la faccio, ti ringrazio.

«Venga con me».

Vorrei raccontargli l'eremita, il ricongiungimento con mio fratello, il silenzio di Lisa, anche Guy, certo. Guy che ero quasi riuscito a dimenticare e che, tra un attimo, riapparirà. Va avanti, solleva il nastro segnaletico, mi fa segno di raggiungerlo. Quel manichino steso sul prato... Mi sento venire meno.

«Si fidi di me, Thierry. Andrà tutto bene».

Il mio sguardo si sposta sul piccolo gruppo e in particolare sulla giovane coppia che come me fissa il fantoccio.

«Anche con i genitori?»

«Questi sono calmi. Venga, ora. Non dovrebbe tardare molto».

Quando siamo lì mi presenta come il «vicino» alla giudice istruttore, ai due avvocati della difesa e di parte civile, al procuratore della Repubblica, ai due esperti, ai poliziotti e anche ai genitori della piccola Selima, che mi fanno un sorriso triste. Poi arriva il furgone. In un silenzio di morte, viene a parcheggiare a pochi metri da noi. Le porte si aprono, e finalmente lo vedo. Manette ai polsi, circondato da quattro poliziotti, Guy avanza senza sembrare minimamente turbato. Arrivato dove siamo noi, abbraccia con lo sguardo il gruppo senza mostrare, di nuovo, nessun imbarazzo, se non per un movimento di sorpresa, quasi impercettibile, nel momento in cui mi scopre. Non so cosa mi trattiene dall'afferrargli il braccio e intimargli di guardarmi, io, l'amico che ha tradito con così tanta violenza. Lui schiva il mio sguardo, la giudice prende la parola.

«Prima andremo nella cantina in cui il signor Delric teneva prigioniera la signorina Fitoussi. Poi usciremo in giardino per il resto della scena».

Si volta verso di me.

«Stia pronto in camera sua. Uno dei nostri uomini

l'accompagnerà. Aprirà la finestra solo al suo segnale, ha capito?».

Annuisco, silenzioso. Lei fa segno al resto del gruppo.

«Benissimo, allora. Andiamo».

Guardo Guy allontanarsi con loro. Una voce mi chiama.

«Viene?».

È il poliziotto che la giudice mi ha assegnato. Un ragazzo che mi fa pensare a Marc. Come andrà con la sua petizione per la foresta? E il suo lavoro?

«Qualche problema?»

«Ho dimenticato le chiavi in macchina. Torno subito».

Mi allontano chiedendomi cosa starà succedendo nella cantina che si è curato di insonorizzare, se quel porco si presta al gioco, se i genitori resistono. Una volta tornato, attraverso l'ingresso senza nemmeno dare un'occhiata alla cucina e al salotto. Guy occupa ogni mio pensiero. Guy che voglio assolutamente veder cedere. Sempre seguito dallo stesso poliziotto, entro nella nostra camera. Stranamente l'assenza di Lisa non mi fa traballare, sono perfino sollevato di non trovarla. Tutto ha un odore terribile da quando è tornato. Attraverso la stanza, mi pianto davanti alla finestra sperando che il ragazzo non si senta costretto a parlare con me. Ho un tale bisogno di sentirlo, questo silenzio, nello stesso istante in cui, in cantina, si rievoca la scena con le sue urla. Tendo l'orecchio, spio il minimo rumore. Tutto è così calmo. Passano i minuti, interminabili. Niente. Non il minimo suono. Poi eccoli che ricompaiono: la madre con quella follia da guerriera negli occhi, il padre, con il volto coperto di lacrime, gli altri, compreso

Bretan, che cercano bene o male di riprendersi, e finalmente Guy, lo sguardo fisso, sempre sicuro di sé. Vedo la giudice chinarsi e chiedergli qualcosa all'orecchio. Impassibile, lui indica con il dito la quercia dietro la casa. Subito, due poliziotti ci poggiano il manichino. Pazzo, come osa? Alle mie spalle, il ragazzo riceve un ordine.

«Bene, adesso può aprire la finestra».

Eseguo, folle di rabbia. La giudice solleva lo sguardo su di me.

«Questa posizione le sembra corretta?»

«No, sta mentendo!».

Disagio nella piccola assemblea. Cerco Guy con lo sguardo. Lui si volta dall'altra parte.

«Le urla che ho sentito venivano dalla parte opposta. Me lo ricordo benissimo. Guy, perché non glielo dici?».

La giudice, sotto.

«Conferma, signor Delric?».

Quel leggero alzare le spalle. Come se si trattasse di un dettaglio insignificante. Mentre la ragazza si stava giocando la vita.

«Se lo dice lui...».

Trattenere la collera che mi monta dentro. Pensare ai genitori, alla piccola vittima, al suo corpo scomparso e sul quale ancora non possono piangere. A un cenno della giudice, e sotto lo sguardo indifferente di Guy, i due poliziotti spostano il manichino dalla parte giusta. La voce della giudice, appena più aggressiva.

«Prenda posto, signor Delric».

Con passo tranquillo, si piazza davanti alla sagoma sdraiata. La giudice solleva di nuovo lo sguardo su di me.

«Questa posizione le sembra più corretta?».

Battito del mio cuore che accelera. Annuisco, sconvolto.

«Benissimo, signor Clavaud. Ora le chiedo di interrogare il suo vicino cercando di essere più aderente possibile a quello che le ha detto quella notte».

Non guardarlo. Chiudere gli occhi, ricordare... Dormi, è molto tardi e d'improvviso quell'urlo o piuttosto un raglio che mi fa aprire gli occhi. Una bestia ferita? Mi alzo facendo bene attenzione a non svegliare Lisa, mi avvicino alla finestra. La notte fuori. Buia e larga. E di nuovo quello strano urlo. Apro la finestra.

«C'è qualcuno?».

Lui continua a fissare il manichino senza aprire bocca. La giudice alza il tono.

«Signor Delric, la prego di collaborare, per favore!».

Ma è come se non esistessimo più. È quasi come se ridesse. I due genitori, sotto, schiacciati. La voce della giudice. Sempre più acuta.

«Signor Delric, cosa ha risposto al suo vicino?».

Silenzio assordante del mondo. La giudice, tutti noi, sull'orlo dell'abisso.

«Signor Delric, mi sente?».

Non mi trattengo più. Mi metto a urlare.

«Guy, rispondi! Rispondi ora!».

La sua sagoma, in lontananza, che non si muove. Le altre, tutte le altre. Bocca aperta. Le foglie immobili degli alberi. Il manichino. I nostri corpi. La giudice di nuovo. La sua voce, seguita da un singhiozzo pesante, quello del padre o della madre, di entrambi forse, e poi, improvvisa, quella forza inaudita in me, quella forza che mi spinge. Il giovane poliziotto sgomento, «ma che cosa sta...», il giovane poliziotto che spingo con tutte le mie forze e che. Le scale per cui mi precipito, l'ingresso, la porta che apro. Luce, luce del giorno che evito. Il mio corpo improvvisamente così spaventoso. Così spaventoso e così rapido. I loro occhi non capiscono, i loro occhi, i loro corpi, ma c'è davvero ancora qualcosa da capire? Eh, Guy? Cosa, in questo mondo marcio in cui, dalla notte dei tempi, tu conduci le danze e in cui, di fronte alla nostra impotenza, i più innocenti muoiono, oltraggiati dalle tue mani? Il mio corpo scuro adesso, la mia bocca, la mia lingua, i miei denti. Scuro di quel te che finalmente raggiungo, quel te che non cerca nemmeno di evitarmi e su cui mi getto. Onda scatenata e furiosa che balza e si abbatte su tutta la tua carne, Guy, la tua carne sanguinolenta che adesso voglio distruggere e mordere e fare a pezzi, io, tutte le loro urla di spavento riunite nel mio corpo, io, l'abiezione, la bestia, terrore spalancato di tutte loro e che, in un ruggito, si schianta addosso a te, Guy. Sotto choc, vacilli e cadi all'indietro. Di lontano, come in un'eco, sento la voce della giudice che mi intima di fermarmi. Alzo la testa, vedo degli uomini, al rallentatore, che corrono verso di me. Lo spazio e il tempo si sono scissi. Qui, quello folgorante del mio odio. Là, quello disteso e lento dell'inebetimento. Allora finalmente ti massacro, Guy. E con quale godimento. Ogni colpo che porto è di una terribile violenza. Ti spacco la mascella. Ti farò urlare, Guy. Urlare i loro nomi. Urlare la loro sofferenza, la mia, il tuo tradimento. Sangue che schizza e di cui mi metto a reclamare la vista. Ti ridurrò in poltiglia,

Guy. Farti pagare ogni loro morte, a te a cui avevo dato il posto di Abdane nel mio cuore e che mi hai preso tutto, perfino Lisa, il mio amore. La punta del tuo naso che si spacca. Il tuo occhio sinistro che esplode. È finita, non esisti più. Non sei mai esistito. Non esisti! Le loro urla intorno a me, ma così lontane, così lente. La mia rabbia, onda sovrumana, che le respinge fino ai confini del mondo. Di una brutalità così oscura, questa rabbia, Guy, così atrocemente feroce, così disperata. Sono il sangue che chiama il sangue, la guerra a cui tutti soccombono, l'orrore senza nome, e che piacere provo nel farti a pezzi quando perfino quell'occhio, il tuo, Guy, oltre il mio furore, continua a fissarmi, occhio accecato, quasi dolce, quasi bello, mentre tutto in me cerca di perforarlo, di cavare l'immondo spazio bianco che si alza e che, nonostante il sangue, nonostante le mie urla, trafigge la notte mentre a un ritmo infernale faccio piovere i colpi e gli altri, tutti gli altri, corrono così lentamente verso di me, ma no, questa volta non l'avrai vinta Guy, ho lasciato che tu mi guardassi per così tanto tempo, completamente fiducioso, è finita, non te lo lascerò fare mai più, ti ridurrò a niente, solamente il tuo occhio di fronte all'onda oscura, il tuo occhio né triste né stupito, quasi tranquillo, il tuo occhio che sembra aggrapparsi a me e che rifiuta di chiudersi, il tuo occhio così calmo Guy, così dolce, mentre tutto in me vorrebbe demolirlo, e in cui senza alcuna collera - ma perché Guy, perché non ti difendi? - subisci la follia della mia rabbia, il tuo occhio, offerta che mi guarda e in cui vedo per la prima volta la mia ombra, il tuo occhio, adesso quasi un lago, trasparente, traslucido e dal quale mi sembra di sentire alzarsi quel mormorio impossibile, «continua, continua», mentre tutto in me cerca l'ignobile e gli altri, sempre al rallentatore, con gesti di una precisione estrema, si abbattono su di me e mi strappano, Guy, mi strappano da questo sguardo, il tuo, che niente del mio furore è riuscito a serrare e in cui, nonostante l'orrore e tutta la furia, qualcosa proprio in fondo, quasi come una luce, brilla.

42.

La cella non è grande. C'è appena il posto per sdraiarsi per terra. Se voglio andare in bagno, devo picchiare alle sbarre, e anche se ho sete. Finora sono stato da solo. Aspetto, con lo sguardo vuoto, senza ancora realizzare bene cosa sta accadendo. Quella violenza in me. Fino a dove sarei arrivato? Chiudo gli occhi. Mi appoggio al muro. Ha almeno parlato? Ha confessato dove ha sepolto il corpo della piccola Selima? Penso alla vecchia davanti alla sua stufa. A mio padre, così giovane, laggiù, in Indocina. A mio figlio fradicio di pioggia. Perché nemmeno per un istante ha cercato di difendersi? Sei uomini per riuscire a fermarmi. Sei, perdio. E ora questi muri sporchi, questa sensazione di freddo dentro. Cosa penserai di me, Lisa?

Passano le ore. Finalmente spunta un poliziotto.

«Il capitano Bretan sta tornando e vorrebbe vederla...».

Mi scruta con freddezza.

«Si è calmato?».

Annuisco, a disagio. Apre la mia cella.
«Allunghi il braccio per favore».
Eseguo. Mi mette le manette.
«Bene. Mi segua».

Dedalo di scale e di corridoi in fondo a cui finalmente il suo ufficio: una stanzetta senza finestre in cui dappertutto, perfino a terra, si ammucchiano pile di dossier. Quando entro è seduto al suo tavolo. Con un cenno, prega il poliziotto di lasciarci. Quando è solo con me, fa un sincero sospiro.

«Proprio lei, mi lasci dire che ha veramente fatto una cazzata!»

«...»

«La giudice è furibonda. Per colpa sua dovremo ricominciare da capo. Inutile precisarle che sarà senza di lei, questa volta».

«Non ha detto niente?»

«Gli ha fratturato la mascella, Thierry!»

«...»

«Potrebbe almeno dire qualcosa».

«Mi dispiace».

«Mi riscalda il cuore. Grazie».

«No, sul serio».

«Beh, senta, non la facciamo lunga. Domani la faccio uscire. Poi non saranno più fatti miei. Da un lato, la giudice può decidere di incriminarla per intralcio alla giustizia, dall'altro l'avvocato di Delric per lesioni. Capisce?»

«Sì, capisco».

«Bene, la faccio riaccompagnare in cella».

Vorrei parlargli dell'occhio di Guy. Chiedergli se anche lui, durante i suoi interrogatori, ha visto quel qualcosa di insopportabilmente intatto che non mi lascia più.

«Dimenticavo. Ho chiesto a uno dei miei uomini di riportare la sua macchina».

«Grazie».

Guardandolo alzarsi, penso a tutte quelle discussioni che abbiamo avuto dopo il famoso giorno in cui l'ho visto spuntare sul pianerottolo. Alla sua abnegazione. Al suo coraggio anche. Mi si avvicina. Mi dà la mano.

«Stia bene, Thierry».

Avrei bisogno di abbracciarlo come ho fatto con mio fratello, dirgli tutto il bene che penso di lui. Ne sono incapace, un'altra volta ancora.

Torno alla cella con il suo sporco e i suoi neon. La notte intera a rivivere la scena in cui, senza sosta, colpisco Guy con la ferma intenzione - ne ho una crescente certezza - di ucciderlo. Io, il bambino sotto le coperte che, in contrasto col padre, aveva giurato di non usare mai la violenza. Che più lo colpisco e più il suo occhio mi fissa, calmo, quasi innocente.

Attraverso le sbarre, all'alba, un poliziotto mi porge un caffè e un croissant «da parte del capo». Un'ora dopo, mi passa le mie cose e mi godo di nuovo la libertà.

Adesso sto guidando, senza sapere esattamente verso dove perché la casa no, non ancora. Una tale sensazione di disgusto dopo quanto è accaduto. Chiamare Lisa? E se approfittasse dell'occasione per dirmi che è finita? Ho così paura di perderla. Allora guidare fino a colui che decripta i sogni, aprire la porta del suo studio, raccontargli l'eremita e, prima di tutto, il furore dei miei pugni.

«Ma no, signore, non può presentarsi così all'improvviso».

«Signore? L'ultima volta mi chiamava Thierry».

«L'ultima volta se n'è andato urlando e senza pagarmi».

«Ho con me il libretto degli assegni».

«Non cambia niente».

«Avrebbe dovuto vedermi mentre lo colpivo. Non si è nemmeno difeso!»

«Non è proprio poss...»

«Cinque minuti! Mi servono solo cinque minuti!»

«C'è già il prossimo paziente».

«Come fa a sapere che non ha visto questo in me? Che non è diventato mio amico per questo?»

«Thierry...»

«Cazzo! È lei che mi ha detto di uscire dal mio carapace! Che mi ha detto di lasciare la casa!»

«Ecco il mio biglietto da visita. Mi chiama, fissiamo una data e ne riparliamo».

«E se preferissi aspettare? Avrà pure un buco in tutta la giornata!»

«No. E adesso esca».

Fuori da quasi tre ore, a sperare in un cedimento dell'ultimo minuto. L'interno di quell'occhio... L'abbandono che ci ho visto e in cui, nonostante la furia dei miei colpi, lo ritrovavo, lui, Guy, il mio unico amico. Un'illusione? La porta dello studio si apre. Il paziente in tuta spunta e si allontana. Mi sposto per trovare un po' d'ombra quando, in fondo alla strada, una sagoma attira il mio sguardo. Quei lunghi capelli che danzano al ritmo dei tacchi a spillo. Quel rossetto troppo vivo. Ma soprattutto quel volto che mi fa bruscamente tornare così lontano nel tempo.

«Claridge?»

«Scusi?».

La sua bocca a cuore, le sue ciglia cariche di mascara.

«Ma sì, eravamo in prima al liceo Diderot!»

«Mi dispiace, mi sa che si sbaglia».

«Non si chiama Claridge?»

«No, e ora mi lasci in pace».

Al liceo, tutti la chiamano la puttana. Quando passa, le ragazze alzano le sopracciglia, i ragazzi invece ridacchiano. Lei, niente. Come se fosse normale, le unghie finte rosa shocking, il rossetto scarlatto, le paillettes nei capelli, le gonne di pelle appena sotto le culottes per mettere in evidenza la perfezione dei suoi fianchi e delle sue gambe, le scarpette da sera, le calze avvolgenti di strass. In seconda la vedevo appena. Le nostre ore di lezione non coincidevano. A dire il vero me ne fregavo di lei. A casa andava tutto così male da quando mio padre era stato gentilmente «congedato». Tra noi bastava un niente per far esplodere tutto, quanto a mia madre, ormai era solo un'ombra. Quel ritorno definitivo, sperato per così tanto tempo, arrivava veramente troppo tardi. Mi provocava una rabbia folle. Mio padre dal canto suo non trovava niente di meglio da fare che urlare contro «tutti quei porci» che l'avevano messo al bando. «Dopo tutto ciò che aveva fatto». Come un leone in gabbia, andava e veniva in casa, non sopportando di ritrovarsi in trappola tra quel figlio muto e quella moglie spenta. Dopo sei mesi di quel regime, non ci parlavamo più e avevo una sola idea in testa: andarmene via di lì prima possibile.

È nel momento del mio passaggio alla prima che lei entra nella mia vita. Il primo giorno di scuola scopro, con gli altri alunni, che fa parte della nostra classe. La guardiamo attraversare l'aula e venire a sedersi da sola a un banco. Le ragazze sbuffano, i ragazzi le fischiano dietro. Non io, lei se ne accorge subito. La trovo straordinariamente bella e sono ben lontano da non subire il suo fascino, ma mi tengo a distanza. Così almeno nessuno può colpirmi o ferirmi. Un giorno, a mensa, faccio cadere apposta un bicchiere per far smettere le chiacchiere di tre ragazze su di lei. Un altro giorno, al corso di judo, accetto di fare squadra con lei per evitarle le incessanti palpate degli altri ragazzi. In cortile, infine, sono il solo a non provarci apertamente con lei. Ogni volta che i nostri sguardi si incontrano lei mi sorride. Abbasso spesso la testa, rossa fino alle orecchie. Una mattina, in bagno, la trovo prostrata davanti allo specchio. Le chiedo se sta bene. Lei sussulta con violenza. Ripeto la domanda. Lei mi fissa, persa, mormora di sì, poi improvvisamente mi bacia sulla bocca e se ne va. Mi chiedo se ho sognato, verifico che nessuno ci abbia visto. Ho così paura che il mio turbamento sia percettibile. A quell'età, non ho ancora passato la barriera dei «baci sulla bocca» e mi sento estremamente maldestro con le ragazze. In classe mia molti ragazzi sono già «stati a letto». Sono maledettamente indietro e ho molta paura che si sappia. A partire da quel momento, faccio del mio meglio per nascondere i miei sentimenti. Claridge non è scema e i nostri occhi, nei corridoi, per strada, all'entrata del liceo, si incontrano sempre più spesso. Ma come avere il coraggio di fare il passo con una ragazza simile ed essendo così poco esperto? Ormai ogni volta che ci troviamo soli arrossiamo, incapaci del minimo gesto. Poi arriva quella sera in cui, per una volta, sono invitato. Fin dal primo momento mi sento di troppo in quell'ambiente festoso. Non voglio che si pensi che mi annoio, o peggio che «me la tiro», cosa che alcuni non esitano a rimproverarmi. Quindi mi sforzo di ballare e di bere. Invito addirittura qualche ragazza e supero me stesso bevendo gin a bottiglia. Finisco per essere molto ubriaco, cosa che fa ridere tre ragazzi della mia classe che, fino a quel momento, non mi avevano mai preso in considerazione. Sugli Eurythmics, li faccio urlare di entusiasmo mettendomi a torso nudo e scatenandomi in pista. Subito dopo vomito. Poi mi riempio altri due bicchieri e mi rimetto a ballare. Verso le quattro del mattino, siamo rimasti solo in sette. Due ragazze dormono sul divano, un tipo sta vomitando l'anima nell'acquaio. È il momento di andarsene, ma i tre ragazzi della mia classe mi propongono un giro a sorpresa. Ho la testa nel secchio. Dico di sì. Camminiamo per circa un'ora picchiando sui cassonetti e facendo ballare, a calci, i detriti che escono. Finalmente arriviamo nel posto che li fa ridere tutti. Due piani. La porta che si apre da sola. Sono troppo sbronzo per chiedergli da chi di loro ci troviamo. Un corridoio sulla sinistra. Una porta. Tre colpi. Ed eccoci tutti in una stanza illuminata soltanto da una piccola candela. La ragazza ovviamente la riconosco subito, Claridge. Lei no, troppo occupata a fare un pompino al primo di noi. Nella camera tutti ridono. Il mio cuore batte all'impazzata. Si presenta il secondo. Lei, sempre in ginocchio, lo sguardo basso, prende il suo sesso in bocca, mentre intorno a me gli altri scoppiano a ridere. Poi viene il mio turno e a me sembra di svenire.

«Per lui, troia, fai il lavoro completo, perché è la prima volta!».

Risatine. Lei solleva lo sguardo su di me e, vedendomi, i suoi occhi si paralizzano.

«Forza troia! Al lavoro!».

Bisognerebbe correre all'incontrario. Ma sono così sbronzo e così eccitato per tutto quello che ho visto. Bisognerebbe caderle davanti, faccia a terra. Sparire. Invece le lascio sbottonare i miei jeans e cominciare a farmi un pompino. Lì, nella cameretta. Mentre gli altri si mettono a spogliarla davanti a me. Lei, Claridge, che arrossiva anche solo vedendomi ieri e la cui bocca adesso aspira il mio sesso che, in meno di dieci secondi, le esplode in gola. Risate degli altri che, continuando a insultarla, si mettono a palparle il seno, mentre io mi riabbottono e lei mi fissa. Triste. Così smisuratamente triste.

43.

Sono già due volte che giro intorno a quel blocco di dieci piani in cui si accumulano, a ogni balcone, vestiti, piante, biciclette e perfino letti. Dappertutto, intorno, pensiline imbrattate, cassonetti rovesciati e a perdita d'occhio blocchi simili che sembrano parcheggi, tutti altrettanto in rovina.

Gruppo di adolescenti alla mia destra. Uno di loro mi piomba addosso.

«Ehi, tu! Che cazzo fai che giri intorno così?»

«Cerco qualcuno».

«Ah sì, e chi cerchi?»

«Claridge M.».

Si volta verso gli altri ridendo.

«Ehi ragazzi, indovinate un po', cerca la puttana!».

Mi fissa di nuovo, spavaldo.

«Lo vedi il palazzo? È al sesto piano, la prima porta a destra. E ora paga, schifoso».

«Cosa pago?»

«Il parcheggio, dieci euro».

«Che parcheggio?».

Si mettono tutti a ridere. Forte.

«Il parcheggio della puttana!».

Passano gli anni e non cambia niente. La stessa cattiveria. Gli stessi insulti. Gli do una banconota e lui mi fa passare sputando per terra. Nell'androne un bambino seduto tutto solo nel suo passeggino. Gli chiedo se qualcuno si occupa di lui. Alza le spalle con un broncio quando spunta un uomo molto magro e minaccioso.

«Cosa vuoi dal mio bambino?».

Senza lasciarmi il tempo di rispondere, afferra il passeggino e sparisce urlando nel suo appartamento. Torna il silenzio. Premo il bottone dell'ascensore ma dopo cinque minuti di attesa decido di salire a piedi. Arrivato al sesto piano, mi fermo di fronte alla porta indicata. Una porta rotta senza campanello e senza nome. Questa idea così folle. Sono ancora in tempo a lasciar perdere. Ma il suo occhio smisuratamente triste, da quando mi è tornato il ricordo, viene in maniera ossessiva a sovrapporsi e aggrovigliarsi con quello di Guy. Come se fosse lei che ho aggredito. Lei, il suo occhio, quello di Guy - una sola e medesima supplica - e che, sul prato, nella piccola camera, laggiù, chiede rimedio. Lasciare quel peso in me. Tutti i pesi. Alzo la mano. Busso alla porta. Rumore di passi e di chiavistello che si apre. Appare, in vestaglia, capelli spettinati, una cicca in bocca.

«Sì?».

La pelle sciupata del suo volto. Lei, così bella quando aveva sedici anni. E ora quasi distrutta.

«Io... mi chiamo Thierry e...».

M'interrompe facendo un tiro alla cicca, nervosa.

«Cosa vuole?»

«Thierry, Thierry Clavaud. Eravamo insieme al liceo Diderot».

Quel breve lampo nei suoi occhi. Ricomincio subito.

«Senti, so che è tanto tempo fa, ma sono venuto perché... non so se ti ricordi...».

Si agita, fa un altro tiro.

«Di che stai parlando?»

«Volevo solo dirti che...».

Mi mangio le parole. La sua collera che cresce.

«Che cosa?»

«Che mi dispiaceva e che...».

Quel tremore nella sua voce.

«Ma è uno scherzo?»

«No, Claridge. Io...»

«Ma chi ti ha dato il permesso di chiamarmi per nome?».

La sua vestaglia bucata.

Le mie parole che non escono.

«Davvero non ti ricordi? Avevamo Forge a matematica e ci trovavamo al...»

«Cazzo, ma vuoi rompermi i coglioni ancora per molto con 'ste storie del liceo? Cosa vuoi?»

«Scusarmi».

Mi scruta un attimo, stupefatta, fuma, con la mano che trema.

«Per le scuse è troppo tardi».

«Ma...»

«Ora sparisci. Non me ne frega un cazzo delle tue storie!».

La porta che sbatte. E ora? Tornare a casa? Ripenso a Raymond, alla sua storia della mandria perduta, al suo accanimento per ricostruirla. Mi siedo sugli scalini. Lei riapre la porta.

«Ti ho detto di andartene!».

La guardo, molto calmo.

«No».

Il suo volto che s'indurisce.

«Sparisci, ho detto! Non voglio le tue scuse!».

Porta che sbatte. I suoi passi che si allontanano. Rumore dell'ascensore che sale, rumore di televisori, di pianti di neonati, di mobili spostati, di liti, di risate. Ma no. Questa volta non finirà così.

A costo di restare un secolo su questo pianerottolo.

Questo pianerottolo che non ti appartiene, Guy. Quello della mia vita segreta in cui ormai la aspetto. Lei, Claridge, che vaga nel suo appartamento chiedendosi cosa faccio, da ore, seduto di fronte a casa sua. Che mi apre di nuovo, urlando di andarmene. Che ci riprova due ore dopo. Una terza volta, infine, finché cala la notte. E questa volta lavata, pettinata, truccata, con quel misto di disperazione e sfida.

«Se ci tieni davvero a scusarti allora entra. Devo chiederti una cosa».

44.

Mi fa cenno di andare in camera sua, e comincia subito a spogliarsi.

«Aspetta Claridge, non sono venuto per questo».

«Sei venuto per farti perdonare, sì o no?».

La sua camicetta che si apre. Abbasso la testa, terribilmente imbarazzato.

«Senti...»

«Non sai nemmeno che cosa ti chiederò».

La guardo di nuovo.

«Te lo ripeto, non sono venuto per questo».

La sua camicetta che fluttua. I suoi occhi che non mi lasciano.

«Fammi l'amore con tenerezza».

Sul pianerottolo, avevo avuto il tempo di considerare tutto: soldi, regali, la promessa di un'amicizia. Tutto ma non questo. Con un'infinita tristezza, manda i capelli indietro.

«Dimmi che lo vuoi».

Penso a Lisa. Al suo corpo caldo che non sento addosso a me da così tanto tempo.

«Io... io non capisco».

I suoi occhi che continuano a fissarmi nella penombra.

«Da quando sono una ragazzina tutti gli uomini sono stati violenti con me».

Abbassa la testa.

«Per favore, Thierry. Solo questo. Poi saremo pari».

Tutto quel dolore sul suo viso. Andare a lei. Varcare il muro che mi separa dal suo sorriso. Attraversare il bosco. Spostare le spine, i rovi. Raccogliere l'erica. Andare ancora. Cogliere quella lacrima che scorre lungo la sua guancia. Quella lacrima che asciugo più delicatamente possibile e che bacio dolcemente. Tutto quel male che le è stato inflitto, da tutti noi, gli uomini, e anche le ragazze che voltavano la testa al suo passaggio. Sputavano. Si lascia guardare, tremante. Far scintillare la sua pelle. La sua pelle rovinata e rugosa. Guarirla da tutte le sue ferite. Allora vengo verso di lei. Verso di te. Senza desiderio, vengo, ma voglio così tanto improvvisamente consolarti. Lentamente, nella camera, ci spoglio e tu mi lasci fare. Ci ritroviamo nudi. Farebbe quasi freddo se le mie mani adesso non ti carezzassero e se, dopo averti stesa sul letto, non ti tenessi così stretta addosso a me. Non sento ancora nessun desiderio. Andare, andare più lontano ancora oltre la visione delle tue gambe troppo magre, dei tuoi seni troppo distanti, per raggiungere quell'amore in me interamente offerto. Mi chino per baciarti sul collo, nell'incavo della spalla, sul ventre, tu, l'immobile che si libera, stupita, e di cui sento la pelle che comincia a tremare. Andare, sollevare le foglie, tutte le foglie, farle volteggiare in aria, e con loro le coperte, la notte opaca, andare ancora, soffiare quest'aria calda nella tua bocca, sul tuo ombelico, tra le tue cosce, alla porta del tuo sesso. Sfiorare l'arco dei tuoi fianchi, stringerlo, lasciarlo. Inumidire ogni bacio e ora ondeggiare con te come se fossimo acqua, come se fossimo aria. Tu, questo bosco così denso, così chiuso su se stesso e che io voglio aprire. Tu, questo sentiero anche dell'Altro che non ho mai saputo, che non ho mai potuto. Tu, tutta la violenza del mondo, sempre più stupita, e i cui seni cominciano a indurire e la cui vulva si schiude. Allora andare più veloce oltre ogni furore. Tu, che non desidero ma di cui imploro il perdono e che finalmente gemi mentre le mie mani danzano sul tuo corpo e la mia bocca bacia il tuo sesso. Correre adesso, quasi. Scavalcare i crepacci senza curarsi del ghiaccio. Correre nel vento. Senza paura di deludere, senza aggrapparsi a niente. Correre. Solo e amante. Incontro all'onda e a ogni risacca. Tu che mi afferri adesso e che io carezzo dopo tutto quell'amore nascosto, sepolto, che io libero e che penetro più lentamente e più dolcemente possibile, come fosse una prima volta. Rotolare ora, rotolare nei pendii. Tirare fuori muschi e petali. Riscaldare, curare, sgombrare tutto il male, tutte le offese. E poi rotolare ancora più giù. Fino agli stagni della conca, la tua infinita tristezza, fino al tuo ridere finalmente, forse. Tu, quell'Altro che non sottometto. Occhio così vasto che mi guarda e a cui chiedo ancora e ancora perdono mentre tu vieni finalmente nella penombra e la diga in me - quel muro così alto - cede: torrente di lacrime che sgorga mentre mi stringi e vieni per la seconda volta, tu l'impura e mentre senza più fermarsi le mie lacrime sui tuoi fianchi, sulla tua bocca, portano via tutto, la mia fortezza e i suoi bastioni. Quanto tempo a piangere nell'incavo della tua spalla? Lacrime, lacrime di tutto ciò che si è indurito in me e dalle quali ti chiedo ancora e ancora perdono, tu la vilipesa, la disprezzata, lacrime del ragazzino delle acque gelide dell'Aune, il bambino che lei non vedeva e non sentiva. Lacrime della mia solitudine e della mia clausura, attraverso cui finalmente ti raggiungo, tu, quell'Altro da me in cui, per la prima volta, triste, così smisuratamente triste, io ti piango, Guy, mio unico amico, le nostre risate, i nostri abbracci, tu, tutte loro, le loro spoglie così fragili, nella sabbia cocente, di fronte all'onda che sale, chiedendo perdono.

45.

Vedendo la casa, comincio improvvisamente a sperare che Lisa sia lì ad aspettarmi. È un sogno un po' folle. Non ho visto la sua macchina da nessuna parte. Dopo una notte simile, avrei così bisogno di stringerla a me. Giro la chiave nella serratura. Faccio un passo nell'ingresso, entro in salotto. Vuoto. Il mio sguardo si attarda sul tappeto su cui ci eravamo dovuti sdraiare. In cucina rimango un attimo fermo davanti alle strisce di scotch nero incollate alle finestre. L'intrusione di quel giornalista... Tutto mi sembra così lontano. Le tolgo una a una, lasciando entrare poco per volta la luce. Di fronte c'è il loro giardino: campo di buchi e terra sventrata che non mi colpisce più. Sei così lontano Guy, ormai. Da quando le mie lacrime sono scese la tua notte non è più la mia. Nessuno nel mio laboratorio e nemmeno un'anima viva nella camera. Mi siedo un attimo sul nostro letto. Guardo dalla finestra. Avremo una crisi per via di Claridge? Sentire la tua gelosia. Lo vorrei così tanto. Mi resta solo il tuo «antro».

Apro la porta e non ci sei, ovviamente. Ma i tuoi quadri sì. I tuoi quadri che mi sembra di vedere per la prima volta da quanto mi pietrificano di emozione. Tutta quella bellezza che splende e che esplode. Mi avvicino all'ultimo che hai dipinto e che mi sembrava uno scarabocchio. Quell'azzurro intenso perso in tutto quel grigio: nebbia sfumata, quasi liquida, che trafigge la tela. L'Aune... il mio Aune. E in quell'altro quel giallo mischiato con tutti quei verdi. I tuoi occhi, amore mio. I tuoi occhi di rabbia e di sole. Come ho potuto non vederlo? E lì, nel terzo, quegli schizzi di malva rigati da migliaia di tratti. Tutte quelle lacrime che trattenevo e che - lo capisco soltanto adesso - ti seppellivano. Eppure ti amavo così tanto. Ma chi amavo? Chi, Lisa mia, quando scopro, davanti alle tue tele, l'ampiezza della mia cecità? Mi avvicino a un quarto quadro, un quinto, un sesto. Dappertutto quello scorrere febbrile a furia di amarmi così tanto. Io, il bambino sotto le coperte che, dal primo giorno, ti tiene prigioniera tra queste mura. Queste mura, la nostra casa, Lisa. Reame di pietra e di silenzio in cui ti avevo santificata regina. Tu, la mia sola porta mentre camminavo lungo l'Aune e rifiutavo le feste, le cene, la mensa in fabbrica, i fine settimana, la famiglia, gli amici. Ampliando inesorabilmente la distanza. Sì, certo, c'è stato il miracolo di nostro figlio, e anche Abdane. Ma ero ancora così lontano e mi aggrappavo così disperatamente a te. Come hai potuto amore mio, per così tanto tempo, trovare la forza di aspettarmi?

Guardo un'ultima volta le tue tele. Questa gettata di linee in mezzo a quei viola. La tua lotta, il tuo sfinimento nel non vedermi sbocciare. E qui, tutti quei cerchi tra morbidi marroni. Il tuo corpo, Lisa. Il suo spessore reale. E lì quei rosa, in quel gesto così libero. Quante donne sei? Quante, mentre io pensavo di cingerti, di proteggerti? Pioggia nera, qui, che cola. Il mio sguardo che ti sfugge, nostro figlio che se ne va. E in quello, tutti quei bianchi che esplodono e che cercano, soffocanti, l'aria libera. Di nuovo i tuoi occhi, i tuoi occhi che instancabilmente mi chiamavano, mentre io ogni giorno sprofondavo un po' più giù. I tuoi occhi così vasti, amore mio. Fino a regalarmi nostro figlio: quello verso il quale non ho potuto, non ho saputo. I tuoi occhi di ardore e di radice. Abisso di vita. Aberrazione di vita. E di fronte ai quali mi apro. E dove finalmente ti vedo.

Mi resta da fare soltanto una cosa.

Guardo a lungo l'ingresso, il suo muro di pietra di cui ero così fiero. Guardo la cucina, la sua terrazza incompiuta che mi è costata tante ore di lavoro, la porta di quercia piallata per notti intere. Poi prendo il telefono e compongo il tuo numero. Parte la tua segreteria. Prendo fiato.

«Lisa, ho capito. Perdonami di tutto. Sono d'accordo a vendere, andarcene e ricominciare tutto».

Epilogo

Thierry,

non so cosa ti ha spinto a bussare alla mia porta quel giorno e proprio a quell'ora. Probabilmente non lo saprò mai. Ma vorrei che tu sapessi che avevo deciso di farla finita. Le pasticche erano pronte. Dovevo solo vestirmi. Ho sopportato cose così orribili, e me ne sono anche perse tante. Tutto qui, volevo solo ringraziarti di aver ascoltato la vocina che ti ha portato da me. È così assurdo che tu sia arrivato proprio in quel momento. È che c'è qualcosa che desidera che io resti. Non mi chiedere cosa. Non sono mai stata dotata per le risposte. Ma qualcosa che finalmente mi dà voglia di vivere. Ecco, era impossibile tenere per me queste parole più a lungo.

Claridge

P.S.: Io che pensavo che la vita fosse solo una lunga notte. Non soltanto quella notte si è fermata, ma ora so che, sotto di lei, la luce da sempre ha già vinto.

Ringraziamenti

Prima di tutto, a Isabelle Durand-Zaleski, per la sua ospitalità rinnovata ogni anno che mi permette di scrivere in tutta tranquillità.

A Gilbert Mazeau, che si è così intelligentemente prestato allo svolgimento dell'intervista e che mi ha consegnato del materiale così bello sulla vita contadina. A Michèle, sua moglie, e a Raymond Bellenger, che mi ha confidato la sua storia.

A Matthieu Frachon, per il suo aiuto prezioso in merito alle indagini di polizia.

A Robert Tonon, detto «Bob», che si è fatto in quattro per spiegarmi il suo mestiere di responsabile della manutenzione.

Al Sirpa (Servizio d'informazione e di pubbliche relazioni delle forze armate) e, nello specifico, alla sottotenente di vascello Anne-Marine Gire, che si è mostrata straordinariamente scrupolosa.

A Laurent Martin, comandante della Scuola dei fucilieri di Marina a Lorient, che mi ha donato del materiale formidabile sulle forze speciali delle truppe di terra.

A Frédéric Pieretti, che mi ha presentato al comandante Martin. A Frédéric Miquel, che mi ha illuminato sul mondo militare.

A Sabine Wespieser, la mia editrice, con la quale è un tale piacere lavorare, fare passi in avanti...

A Xavier, senza l'amore del quale non ce l'avrei fatta ad arrivare in fondo a questo romanzo. A mio fratello Nils, che si è mostrato così benevolente con me. A mia figlia Olivia.

A te infine, Mamma, che te ne sei andata così presto quest'anno. Qualche giorno prima di questo primo tracollo che, così precipitosamente, ti avrebbe condotto verso la fine, avevamo bevuto una cosa insieme sotto il sole. Avevi appena letto il mio romanzo e l'avevi trovato potente. Davanti ai passanti sorpresi, avevo dato libero sfogo alla mia gioia. Ti era piaciuto. Ero così contenta!

Ero ben lontana dall'immaginare che sarebbe stato il nostro ultimo *teatime* e che queste pagine sarebbero state le ultime che avresti letto. Allora, ecco, te le dedico completamente, e tanto peggio se il soggetto non si presta. Con te, la luce vinceva sempre. Fino all'ultimo l'hai fatta brillare.

Stampa: Baroni e Gori - Prato
Marzo 2022